Novellen@Type:Writer

Band 2

Seelengraben

AF189673

Sascha André Michael

Seelengraben

Eine Novelle

Novellen@**Type:Writer**
Band 2

Für Ales und Amalia,
Löwenmutter und Sternenkind

Bibliografische Information der Deutschen Nationalbibliothek:
Die Deutsche Nationalbibliothek verzeichnet diese Publikation in der
Deutschen Nationalbibliografie; detaillierte bibliografische Daten sind
im Internet über http://dnb.dnb.de abrufbar.

www.Facebook.com/SaschaAndreMichael
www.Facebook.com/TypeWriterBucharest

Herstellung und Verlag:
BoD – Books on Demand,
Norderstedt

ISBN: 978-3-7460-2464-6

Ich hab' schon alles
ich will noch mehr
alles hält ewig
jetzt muss was Neues her

Ich könnt im Angebot ersaufen
mich um Sonderposten raufen
hab' diverse Kredite laufen
oh
was geht's mir gut

Oh
ich kauf' mir was
kaufen macht soviel Spaß
ich könnte ständig kaufen gehn
kaufen ist wunderschön
ich könnte ständig kaufen gehn
kaufen ist wunderschön
ich kauf'
ich kauf'
was ist egal

(Herbert Grönemeyer, Kaufen)

ERSTER TEIL

Außenwelt

1

Es hatte zu regnen begonnen. Die tonnenschwere Wolkendecke über Ulm ließ den tristen Vorabend im April noch bedrückender erscheinen, als er ohnehin schon war.

»Mami, ich hab so Lust auf Pfannkuchen – kannst du heut' Abend welche machen?«, sagte *Die Hübscheste Tochter Der Welt* und schaute ihre Mutter aus einer kleinen Burg von Kissen, Decken, Büchern, Zeitschriften und Plüschtieren heraus gleichermaßen fragend wie kränkelnd an. Ihr Fieber war endlich wieder etwas gesunken, aber ihre Wangen waren immer noch unnatürlich gerötet. Über ihren strahlend blauen Augen lag ein glasiger Film. Selbst ihr ansonsten seidig schimmerndes Haar wirkte erschöpft und stumpf. Fraglos sah Tamina Fischer in diesem Moment eher wie *Die Erkältetste Tochter Der Welt* aus.

Sie hatte, wie alle Kinder, natürlich schon unter Anfällen akuter Faulheit gelitten und war mit *ach so üblen* Bauchschmerzen oder etwas ähnlichem von der Schule daheim geblieben (*und ihre Mutter hatte es durchgehen lassen, obwohl sie tief in sich wusste, dass ihre Tochter flunkerte.*) Doch selbst ohne die Visite des Kinderarztes kurz zuvor hätte Pia keine Sekunde geglaubt, dies hier wäre ein Fall von *Unlusteritis* (wie diese mysteriöse, ausschließlich Wochentags um sieben Uhr auftretende Krankheit vermutlich sogar offiziell hieß.) Dies war eine waschechte fiebrige Grippe mit Bronchitis und allem, was dazu gehörte.

Im farblosen Zwielicht des Regenwetters strich Pia ihrer Tochter tröstend über den Kopf. Sie benutzte die Zärtlichkeit, um zugleich Taminas von kaltem Schweiß benetzte Stirn zu befühlen. Dann sagte sie: »Also wenn du jetzt den Rest von dem Aspirin austrinkst, dann machen wir das mit den Pfannkuchen, okay, Maus?«

»*Muss* das sein?«, fragte Tamina. »Das Zeug ist *soooo* eklig *bitter*.«

Unmissverständlich drückte Pia ihrer Tochter das halbvolle Glas in die Hand. »Es schmeckt nicht nach Cola, aber du hast den Doc gehört: ist gut gegen dein Fieber und Kopfweh.«

»Bäääh!« Tamina beäugte das Getränk, in dem sich inzwischen ein Bodensatz aus kleinen, weißen Kristallen gebildet hatte, argwöhnisch. Dann kippte sie die säuerliche Brühe mutig in einem Zug herunter. Als sie sich danach wie ein nasses Kätzchen angewidert schüttelte und nach Luft schnappte, rasselte es unter der Brust ihres langen Snoopy-Schlafshirts derartig, dass Pia glaubte, kleine Hagelkörner würden auf den Fenstersims des Mädchenzimmers prasseln. Dem Rasseln folgte unweigerlich ein dumpfes, bellendes Husten, bei dem sich die Kleine jedes Mal aufbäumte.

»Also Pfannkuchen heute Abend«, sagte Pia, obwohl sie bezweifelte, dass *Die Erkältetste Tochter der Welt* viel essen würde oder das meiste davon bei sich behalten konnte. Aber ihrem kranken Schatz jetzt eine Freude zu machen, und sei es nur mit etwas so einfachem wie Pfannkuchen, hörte sich für Pia wie ein hervorragender Plan an. »Pilzsoße oder Apfelkompott?«, fragte sie.

»Zuerst Soße, dann Kompott«, sagte Tamina und begann, den Kissenberg in ihrem Rücken ein wenig umzuschlichten. »Mann, mir tut *alles* weh«, meinte das Mädchen leise, als es seine größeren Umbauarbeiten abgeschlossen hatte.

»Ich weiß, Schätzchen«, sagte Pia. Dann stand sie von der Bettkante auf, wo sie die letzten Minuten gesessen hatte. »Bald geht es dir besser. Ich bring dir noch was von der Apotheke mit, damit du gut schlafen kannst, okay?«

»Okay, Mami«, antwortete Tamina, und für ein paar Momente huschte ein mattes Lächeln über ihr verblüffend ebenmäßiges Gesicht. *Peng!,* und da war sie da wieder, *Die Hübscheste Tochter Der Welt.*

Bevor Pia hinüber in die Essküche ihrer kleinen, behaglichen 3-Zimmer-Wohnung ging, um vor dem Einkauf sämtliche Vorräte einer eingehenden Prüfung zu unterziehen, verriegelte sie noch das Fenster hinter Taminas Arbeitstisch. Das Zimmer hatte genug frische Luft, fand Pia, zumal die Luft kühl und klamm war. Heute war wirklich das sprichwörtliche Mistwetter, bei dem man keinen Hund vor die Türe setzte. Dicke Tropfen zerplatzten auf der Scheibe. Pia freute sich drauf, sich auf dem Sofa auszustrecken, sobald Tamina schlief, und irgendeinen Stumpfsinn im TV zu konsumieren, einen hektischen und sorgenvollen Tag so ruhig wie möglich ausklingen zu lassen.

Untermalt von der seriösen und markanten Stimme des SDR3-Moderators Stefan Siller, der gerade im Radio die aktuelle Stunde zwischen 16 und 17 Uhr moderierte, warf sie anschließend kritische Blicke in die Küchenschränke. Dann stellte sie ihren Einkaufszettel zusammen. *Mehl, Eier, Champignons, Hagebuttentee.* Wenigstens Katzenfutter für Azrael, Taminas schwarzen Kater, hatten sie noch genug. Das bedeutete, dass sie nicht auch noch diese ewig schweren Dosen vier Stockwerke von der Tiefgarage nach oben schleppen musste. Dennoch besserte sich Laune nicht. Nur der Gedanke, ihre kranke Maus schon wieder alleine lassen zu müssen, versetzte ihr einen Stich der Schuld und des Unwillens.

»Na gut, Schätzchen, ich fahr jetzt zur Apotheke und dann in den Supermarkt«, sagte sie und streichelte nochmals Taminas pfirsichzarte Wange. »Ich brauch nicht lang. Kommst du zurecht? *Ganz sicher?*«

»Na klar.« *Die Erkältetste Tochter Der Welt* nickte tapfer. »Ich hab ja Gesellschaft.«

Sie deutete auf Azrael, der es sich, sozusagen als Wachablösung, auf dem Bett gemütlich gemacht hatte, wo kurz zuvor noch Pia gesessen hatte. Als Tamina ein weiteres grollendes Husten ausstieß, sah der Kater kurz auf und rollte sich dann wieder in ein glänzend schwarzes Fellknäuel zusammen.

»Soll ich dir noch was mitbringen? Was zu lesen vielleicht?«, wollte Pia wissen.

»Au ja, bringst du mir das neue *Ein Herz für Tiere* mit?«, sagte Tamina mit einem matten Lächeln auf dem Gesicht. Nur einem Moment später brach das Mädchen unvermittelt wieder in dieses bittere, für ihre Mutter fast schmerzlich anzuhörende und anzu*sehende* Husten aus.

»*Ein Herz für Tiere*, wie's gewünscht wird.« Pia seufzte besorgt. »Schätzchen, du kommst *wirklich* zurecht, bis ich wieder da bin?«

»*Maaa-miiiii*, ich bin doch schon den ganzen Tag zurechtgekommen, oder?«, sagte Tamina in einem abgeklärten Tonfall, der keinen Zweifel an ihrer Äußerung ließ. Dabei zog sie die rechte Augenbraue hoch, genau wie es ihr Vater immer getan hatte, wenn er eine offensichtliche Antwort auf eine überflüssige Frage geben musste (*etwa auf die, ob es zwischen ihm und Pia jemals mehr als nur die seltsame Art von Quasi-Affäre geben würde, die sie damals verbunden hatte.)*

»Ich bin kein Baby mehr«, sagte Tamina. »Ich bin *elf.*«

Das stimmte natürlich, auch wenn Pia wie alle Mütter in diesem Punkt eine gewisse Amnesie an den Tag legen konnte.

»Menschenskind, Maus, du hast ja Recht.« Pia lächelte ein ertapptes Lächeln. »Dann gehe ich mal.«

Aber natürlich ging sie noch *nicht*. Sie versicherte sich zuvor, dass Tamina etwas zu trinken besaß – die Kanne mit Hagebuttentee, die Pia vorhin aufgebrüht hatte –, dass für Notfälle das Telefon in Reichweite ihrer Tochter am Fußende des Bettes stand (soweit das Telefonkabel eben reichte) und dass genügend Papiertaschentücher vorhanden waren. Erst nach Abhaken dieser Checkliste schien sie bereit für die Exkursion.

Als sie ihre Jacke von der Garderobe im Flur nahm, hineinschlüpfte und das handschriftliche Rezept des Kinderarztes in die Innentasche schob, hatte sie fast den Eindruck, *Die Hübscheste Tochter Der Welt* wäre froh darüber, endlich ihre Ruhe zu haben. Und so zog Pia Fischer schließlich die hölzerne Wohnungstüre zu und ließ ihre vertraute kleine Welt weiter hinter sich, als sie je in ihren finstersten Träumen hätte befürchten können.

2

Auf dem Weg zur Tiefgarage spürte Pia (vielleicht als Vorahnung der Dinge, die ihr bevorstanden) eine heftige Gefühlsaufwallung in sich. Nur etwa drei Treppenabsätze unterhalb ihrer Wohnung vermisste sie Tamina schlagartig, als habe sie ihr Kind monatelang nicht gesehen. Sie hegte den innigsten Wunsch, sich später nach dem Einkaufen neben ihre Tochter zu kuscheln und etwas zu lesen, dabei Radio zu hören oder einfach nur dem Regen auf dem Dachfenster zu lauschen. Sicherlich standen sich die beiden sehr nahe, ja, vielleicht sogar ungewöhnlich nahe, besonders da die Pubertät noch keine gröberen Keile in die Beziehung der beiden hatte treiben können. Dennoch überraschte Pia diese Woge verzweifelter Emotionen selbst ein wenig. Vielleicht meldete sich nur das schlechte Gewissen einer berufstätigen und allein stehenden Mama, der klar war, dass sie ihrer Tochter ein Dasein als typisches Schlüsselkind zumutete.

Und das war etwas, das Tamina nicht verdient hatte, obschon sie die Situation perfekt meisterte. Pia wusste, welches außerordentliche Glück sie mit Tamina hatte und wie besonders ihr inzwischen großes kleines Mädchen war. Tamina hatte wenige, dafür wirklich enge Freunde, die auch Pia sehr ans Herz gewachsen waren. Zugleich gehörte sie auch zu den Kindern, die sich bestens mit sich selbst beschäftigen konnten, ohne pausenlos am Fernseher zu hängen. Viel lieber las sie, hörte versonnen Musik oder zeichnete.

14

Schon vor Jahren, als *Die Hübscheste Tochter Der Welt* noch ein rosiges Baby gewesen war, hatten viele Freunde und Fremde mit eigenen Kindern Pia stets um diesen problemlosen Wonneproppen beneidet. Sobald sie vom Leid anderer Eltern mit Schreikindern oder ähnlichen Problemfällen hörte, wurde ihr klar, mit welchem *Vorzeigekind* sie stets gesegnet war. Nicht, dass Tamina pausenlos ein Engel gewesen wäre – das gab es nur im Fernsehen. Auch sie hatte ihre heftigen Trotzphasen durchlebt und dank ihres Scharfsinns und ihrer Souveränität (dem Erbe ihres Vaters) schon sehr früh einen zutiefst eigenen Kopf entwickelt. Aber andererseits verfügte sie als Gegengewicht auch über genug Intuition und *emotionelle Intelligenz* in ihrer Persönlichkeit (*definitiv* das Erbe ihrer Mutter), um sich nicht wie ihr Vater irgendwann einmal selbst im Wege zu stehen und seine Umwelt nur noch zu verstören und zurückzustoßen.

Und *das* war etwas, das Taminas Vater perfekt beherrscht hatte. Professor Martin Quaife-Hobbs aus Birmingham war ein begnadeter Dirigent und ein noch begnadeterer Individualist und *Menschen-vor-den-Kopf-Stoßer*. Trotz des vergötterten Traumkindes, das die Folge dieses Stelldicheins gewesen war, hatte Pia weder ihren engsten Freunden noch sich selbst gegenüber einen Hehl daraus gemacht, dass Martin keinesfalls ihre große oder überhaupt *eine* Art von Liebe für sie gewesen war. Er war einfach zur richtigen Zeit am richtigen Ort gewesen und hatte sie vor elfeinhalb Jahren in einer schwachen Phase erwischt. Sie hatte sich damals nach dreijähriger Beziehung von einem Mann getrennt, der ihr *wirklich* viel bedeutet hatte, und Martin war einfach ... er war einfach da gewesen, anders konnte man es nicht beschreiben.

Pia hatte nach erfolgreich abgeschlossenem Musikstudium die zweite Violine im renommierten Orchester des Ulmer Theaters gespielt. Martin hatte noch nicht auf dem Zenit seiner Karriere ein viermonatiges Gastspiel hier in Ulm gegeben und dirigierte Mozarts Zauberflöte in einer radikalen Neuinszenierung des umstrittenen Kultregisseurs Edgar Zadler. (Musikbegeisterten Zeitgenossen sollte just an dieser Stelle klar werden, woher Tamina ihren recht ungewöhnlichen Namen hatte, und dass sie als Junge natürlich ‚Tamino' geheißen hätte.)

Mit seinen blauen Augen, dem kühlen britischen Lächeln und seinem Äußeren, das sich am besten auf Englisch als *elegantly wasted* umschreiben ließ (die deutsche Übersetzung ‚elegant verlebt' traf den Kern der Sache nur ungenügend) war Martin ein unleugbar attraktives Individuum gewesen. Und obwohl Pia seine schwierige Persönlichkeit immer als deutlichen Absturz hinter seinem anziehenden Äußeren empfunden hatte, war ES nach einer Probe einfach *passiert*, so weit etwas Derartiges »einfach passieren« konnte. Dasselbe war dann noch eher ungeplant und ohne den Deckel einer Beziehung (oder auch nur einer Affäre) drei oder vier weitere Male geschehen. Mit gravierenden Folgen. Wenige Wochen, nachdem Martin Ulm verlassen hatte und sein nächstes Gastspiel in Sydney in Australien begann, hatte ihr Körper Pia auf unmissverständliche Weise mitgeteilt, dass sie ab jetzt eine Weile auf ihr geliebtes scharfes chinesisches Essen verzichten und ebenso abrupt das Rauchen einstellen musste. Taminas Reise auf diesen Planeten hatte begonnen.

Obwohl Martin sie seitdem aus dem Ausland zuverlässig finanziell unterstützte (*er war es auch gewesen, der den Kosenamen* Die Hübscheste Tochter Der Welt *prägte, da er jeden seiner Briefe mit der Floskel How's The Worlds Prettiest Daughter begann*) trat Pia nach Taminas Geburt im März 1985 etliche Schritte kürzer. Sie zog für zwei Jahre wieder bei ihren Eltern ein, ehe sie einen neuen Anlauf zur Selbstständigkeit wagte. Dabei tauschte sie das stressige und zeitaufwendige, wenn auch künstlerisch ausfüllende Engagement im Orchester zugunsten einer soliden Festanstellung als Violinlehrerin an der Ulmer Musikschule ein.

Und so bestand nun seit acht Jahren ihr Alltag zunehmend aus Violinschülern, die nicht üben wollten und mehr und bessere Ausreden dafür erfanden als sämtliche Bücher hergaben. Die wenigen Perlen schienen den Stress und Frust immer weniger zu kompensieren. Und das war eine Schande, denn es hatte Zeiten gegeben, da hatte Pia das Lehren wirklich Spaß gemacht. Doch die waren ernüchternd lange her. Nun war es nur noch ein Job, ein prosaischer Broterwerb mit viel zu wenigen (wie Martin es ausgedrückt hatte) *Flashes of inspiration*, also Funken der Inspiration, die alles hin und wieder lohnend machten.

17

3

Schließlich ließ sich Pia hinter dem Lenkrad ihres zwei Jahre alten, giftgrünen Opel Corsa nieder. Pia liebte und pflegte diesen kleinen Wagen, den sie ihren Frosch nannte, mit manchmal fast männlicher Inbrunst. Und der Frosch dankte es ihr. Er war klein, spritzig, wendig, sparsam und hatte sie noch nie im Stich gelassen, ganz im Gegensatz zu den viel größeren und teureren Wagen vieler Bekannter oder Kollegen. Außerdem begrüßte er sie jeden Morgen mit einem lächelnden Gesicht (ganz im Gegensatz zur *Hübschesten Tochter Der Welt*, die gelegentlich ein ziemlicher Morgenmuffel sein konnte ... eine Eigenschaft, in der sich die Quaife-Hobbs-Gene am deutlichsten bemerkbar machten.)

Sie verließ die Tiefgarage und fuhr danach auf der König Wilhelm-Straße in Richtung Willy-Brandt-Platz, wo ihre Stammapotheke lag. Anschließend wollte sie noch rasch zu ihrem Lieblingssupermarkt, der am anderen Ende der Wielandstraße zu finden war. Danach würde sie so schnell wie nur erlaubt wieder nach Hause düsen.

Leider wurde ihr schon ein paar Momente später klar, dass ihr schöner Plan zu scheitern drohte. Bereits aus der Ferne erschien ihr das Fenster der kleinen Pharmazie verdächtig finster. Dennoch parkte sie ihren Corsa vor dem Geschäft mit seiner altmodischen Fassade und den kleinen Bleiglasfenstern, einem historischer Look, der sich auch im Inneren des Ladens fortsetzte und sorgsam gepflegt wurde. Mit hochgeschlagenem Jackenkragen trat sie in den diesigen Vorabend hinaus. Und bei jedem Schritt wurde ihr deutlicher, dass sie heute hier keine Bronchialmedizin für ihre Tochter kaufen würde. Die finale Bestätigung fand sie in der Eingangstüre, wo folgender handgeschriebener Zettel hing:

Liebe Kunden, am Mittwoch, dem 12.06.1995 bleibt unsere Apotheke wegen einer familiären Feier geschlossen. Ab Donnerstag sind wir wieder für Sie da.

Ihr Team der Zundeltor-Apotheke.

So ein Mist.

Enttäuscht murrend machte Pia kehrt, setzte sich wieder in den Frosch und trommelte ungeduldig mit den Fingerspitzen auf dem Lenkrad, während sie überlegte, was sie jetzt tun konnte. Sie wusste, dass es ein paar Straßen von hier entfernt eine weitere Apotheke gab, die *Heilig-Kreuz*-Apotheke an der Karlstraße. Dort hatte sie vor vielleicht einem Jahr etwas geholt und sich geschworen, diese Pharmazie zu meiden, denn der Apotheker hatte sie partout an diesen schienheiligen predigenden TV-Talker Jürgen Fliege erinnert, dessen aalglatte Art sie abgrundtief verabscheute.

Aber was hier zählte, war Tamina, und nicht ihre persönliche Antipathie. Also ließ sie den Motor des Froschs an, stieß aus der Parklücke heraus und wagte einen nicht ganz legalen, aber ihr viel Zeit und Wegstrecke sparenden U-Bogen über die Straßenbahngleise hinweg. Danach ordnete sie sich in die Olgastraße ein und ergab sich dem alltäglichen Irrsinn der *Rush Hour* auf einer von

Ulms wichtigsten und notorisch verstopften Hauptverkehrsachsen.

»Jetzt mach schon!«, schrie sie in Richtung eines fetten Mercedes, als dieser nicht sofort bei Grün losfuhr. Daraufhin schnauzte sie den BMW an, der ihr fast in den Kofferraum kroch und zu allem Überfluss dabei auch noch hupte. *Wo sollte sie denn hin, ihren Corsa auf Helikoptermodus schalten und über die anderen Autos vor sich hinwegschweben?* Sie war einfach nur erleichtert, als sie nach ein paar Minuten *Stop-and-go*-Irrsinn rechts in die Frauenstraße einbiegen und die stockende Verkehrsader hinter sich lassen durfte.

Schließlich erreichte sie die andere Seite des als »der alte Friedhof« bekannten Oststadtparks und rollte an der Heilig-Kreuz-Apotheke vorbei, aufmerksam und ungeduldig nach einem Parkplatz Ausschau haltend. Freudig nahm sie dabei das Licht hinter den Schaufenstern zur Kenntnis. Hier würde sie garantiert nicht vor verschlossenen Türen stehen. Doch der letzte freie Parkplatz im Umkreis von 100 Metern wurde ihr von einem fetten Audi vor der Nase weggeschnappt (was erneut einen sehr derben Fluch Pias zur Folge hatte. Aber wie ihr Papa, Prokurist bei Magirus und erster Posaunist in einer Bigband, schon so richtig gesagt hatte: »Kind, bevor du nicht Auto fahren kannst, lernst du auch nicht richtig fluchen.«)

Als sie endlich eine Lücke fand und den Frosch mit zwei, drei zackigen, geschickten Manövern hineinbugsierte (sie war die lebende Antithese für das Klischee, das Frauen nicht einparken konnten), hatte der Regen nochmals an Intensität zugenommen. So musste Pia fast zwei Straßen weit durch einen prasselnden Schauer zu der Apotheke gehen, wobei sie sich hauptsächlich von Vordach zu Vordach und dicht an den Häusern mit ihrem spröden, abgeblätterten Fifties- und Gründerzeit-Charme entlang bewegte.

Dann betrat sie die Apotheke.

4

Vor ihr war nur ein anderer Kunde in der Pharmazie, ein nach Franzbranntwein miefender Rentner, der ebenfalls ein Rezept einlöste und dazu eine halbe Ewigkeit benötigte. Pia beruhigte sich, dass sie noch mehr als genug Zeit zum Einkaufen hatte, da es erst kurz nach Viertel sechs war. Gleichwohl ballte sie die Hände in den Taschen ihrer Jacke zu Fäusten, als sich der Rentner abermals haarklein erklären ließ, wann er wie viel des Medikaments einnehmen musste, was die Nebenwirkungen waren, und ob der Hersteller in Deutschland saß (was auch immer *das* mit der Sache zu tun haben mochte.) Beharrlich fing der Apotheker daraufhin zum zweiten Mal mit seiner Litanei an, kreiste die entsprechenden Angaben auf Packung und Beipackzettel sogar mit seinem roten Tintenstift ein. Pia spürte derweil das Wasser von ihrer Jacke und aus ihrem Haar tropfen. Wie ein hübscher begossener Pudel mit dunkelblonden, schulterlangen Locken und strahlend grünen Augen, so stand sie da, bis sie endlich an die Reihe kam und ihr eigenes Rezept vorlegen konnte.

»Für Sie?«, fragte der Apotheker, während er gemessenem Schrittes an seinem Schränken und Schubladen entlang ging, hier und da ohne erkennbaren Plan hineinspitzte und sich dann weiterbewegte. Kam es eigentlich nur Pia so vor, oder bewegte sich die komplette restliche Welt langsamer, je eiliger man es selbst hatte?

»Ist für meine Tochter«, antwortete sie. »Sie wartet zuhause, und ich muss nachher noch dringend einkaufen, wissen Sie?!«

Dieser Hinweis war natürlich nicht besonders subtil, aber der Sinn stand Pia gerade nicht nach Subtilität. Sie hoffte nur, dass dieser Jürgen-Fliege-Verschnitt im weißen Kittel den überdeutlichen Wink mit dem Zaunpfahl verstand.

»Mhm, mhm?!«, meinte der Verkäufer grüblerisch und verschwand im hinteren, vom Kundenraum aus nicht einsehbaren Teil der Apotheke.

Als er kurz darauf zurückkehrte, war es auch nicht das erfreuliche Begebnis, auf das Pia gehofft hatte. Sie sah mit wachsender Beunruhigung, wie er mit leeren Händen in aller Seelenruhe hinüber zum vorsintflutlichen Wählscheibentelefon schritt, abnahm, eine Nummer wählte und dann begann: »Hallo Kathi, hier ist Rolf.«

Rolf und Kathi, aha! dachte Pia, als wäre diese Information von irgendeiner Bewandtnis.

»Kathi, du hör mal, meines ist ausverkauft - hast du noch *Bronchinox akut* da? Die Kapseln und den alkoholfreien Saft?«, sagte Rolf, und jedes Wort war niederschmetternder für Pia als das vorherige. *O nee,* schoss es ihr durch den Kopf. *O nee, oder? Bitte nicht.*

»Hast du? Ja? Gut. Dann leg's doch mal zurück auf den Namen ...« Ein kurzer Blick auf das Rezept » ... Fuscher?! Pia Fuscher.«

»Fischer«, korrigierte Pia reflexartig. »Ich heiße Fischer.«

Der Apotheker sah sie über seine Lesebrille hinweg an. »Pfister?«, fragte er mit gewölbten Augenbrauen.

Pia fühlte sich langsam wie in einem grotesken Sketch.

»Nein, *Fischer*«, sagte sie mühsam gefasst.

»Warum sagen Sie das nicht gleich«, meinte der Apotheker und sprach wieder in den Hörer: »Also auf den Namen Fischer. Danke, Kathi. Bis heute Abend.«

Danach wandte er sich wieder an Pia: »Also, Frau Fischer, ich habe leider kein *Bronchinox akut* hier.« *Nein, wirklich?!*, dachte Pia gallig. »Das ist bei diesem Wetter sehr gefragt, wissen Sie? Aber in unserer anderen Filiale draußen am Römerplatz haben wir noch welches.«

»Römerplatz?«, sagte Pia aufgebracht. »Aber der ist doch am Römerplatz ... ich meine, der ist doch draußen in der verdammten Weststadt?«

Rolf, der Apotheker, nickte, im Blick ein väterlicher Tadel für den Fluch, der ihr entfleucht war. »M-hm. Römerplatz. Können Sie gar nicht verfehlen. Meine Frau hat ihnen die Sachen zurückgelegt. Sie ist bis sechs im Laden.«

»Gibt es denn hier keine andere Apotheke in der Nähe? Sorry, aber meine Tochter ist krank und alleine zuhause und ich muss noch in den Supermarkt und einkaufen«, sprudelte es aus Pia hervor.

Der Apotheker zuckte mit den Schultern. »Tja ja. Aber wissen Sie, wo steht, dass die noch Bronchinox haben? Und schnell etwas einkaufen können Sie auch in der Weststadt, wenn sie das Medikament für Ihre Tochter haben.«

Sie musste zugeben, dass Rolf nicht einmal völlig Unrecht hatte mit seinen Argumenten. Trotzdem hörte man von ihr ein leises, zugleich unwilliges und frustriertes Seufzen. Jetzt noch in die Weststadt. Das war echt ein Witz. Aber letztlich war ihr schon klar, dass alles auf den üblichen *Spatz-in-der-Hand-und-Taube-auf-dem-Dach*-Mist herauslaufen würde.

»Römerplatz?«, fragte sie kapitulierend.

24

»*Direkt* am Römerplatz. Können Sie nicht verfehlen.«

»Alles klar.« Sie fuhr sich mit der Hand durch das feuchte Haar, wandte sich ab und ging. Zwei Schritte später hörte sie nochmals die Stimme des Apothekers: »Frau Fischer?«

Sie war zu frustriert, um noch zu protestieren.

»Ja?«

»Ihr Rezept«, sagte der Apotheker und hielt ihr milde lächelnd den kleinen Zettel entgegen. »GOTT sei mit Ihnen, junge Frau. SEIN Stecken und Stab werden Sie führen, wo immer Sie ihr Weg hinführt.«

»Danke«, sagte Pia säuerlich, während sie das Rezept entgegennahm und dann die Heilig-Kreuz-Apotheke verließ, wobei sie dachte: *Wenn ER jetzt auch noch meine Rechnungen bezahlt, dann trete ich wieder in die Kirche ein.*

5

Die Weststadt lag jenseits der klaffenden Schneise, die der Hauptbahnhof mit seinen Schienensträngen mitten im Ulmer Stadtgebiet bildete. Zwar gab es nicht wirklich eine Grenze wie jene menschliche und auch bundesstaatliche Demarkationslinie, welche die *räumlich* nur vom Fluss Donau getrennten Doppelstädte Ulm und Neu-Ulm separierte. Für Pia war die Aufteilung dennoch so greifbar wie der Graben zwischen den beiden deutschen Staaten früher. Soweit Pia zurückdenken konnte, hatte sich ihr ganzes Leben immer auf *dieser* Seite der Bahngleise abgespielt. *Drüben* lag etwas Anderes, Fremdes, fast wie eine andere Stadt.

Dies wurde ihr spätestens dann bewusst, als sie sich jenseits der Gleise auf der Neuen Straße dem Universumcenter näherte und dabei erst einmal ausgiebig orientieren musste. *Ihren* Teil der Münsterstadt kannte sie wie im viel zitierten Schlaf. Hier drüben wünschte sie sich einen verdammten Stadtplan.

Ob sich Tamina wohl schon Sorgen oder Gedanken machte, wo ihre Mama blieb? fragte sie sich plötzlich. Nein, natürlich nicht, dummes Zeug. *Die Hübscheste Tochter Der Welt* war sicherlich in einem Buch versunken, mit einer Hand den Roman haltend und mit der anderen den Kater streichelnd. Aber so ganz wollte Pia dieses dumme Gefühl (*mütterliche Intuition vielleicht?!*) dennoch nicht loslassen.

Sie warf einen Blick auf die Uhr. Zehn nach halb sechs. Sie konnte kaum glauben, dass ihr all dies wirklich fast eine halbe Stunde gekostet haben sollte. Jetzt wollte sie nur noch alles so schnell wie möglich erledigen. Irgendwo gab es auch hier in der Weststadt einen Supermarkt, in den Pia nachher noch schnell schlüpfen konnte. Schließlich mussten auch die Einwohner der Weststadt irgendwo ihre Einkäufe erledigen. *Keine Panik also*, sagte sie sich.

Instinktiv hielt sie sich Wagnerstraße auf der linken Seite, denn der Römerplatz war, wenn sie sich richtig erinnerte, ebenfalls in dem Viertel zu ihrer Linken zu finden. Und es war kein sonderlich einladendes Viertel, wie sie fand, als sie in die Elisabethenstraße abbog. Hier beherrschte graue Bausubstanz aus den Fünfzigern und Sechzigern das Stadtbild, und nicht einmal die bunten Vorhänge und warmen Lichter in den Fenstern konnten an dieser Melancholie etwas ändern. Die Südstadt atmete in gelassener Lebendigkeit; sie hatte eine bunte Aura, die der Weststadt völlig zu fehlen schien, was allerdings auch am tristen Wetter liegen mochte.

Als Pia kurz vor dem Ziel dieses ungelogen *riesige* Gebäude zum ersten Mal sah, erschrak sie fast. Im Regen wirkte der wuchtige Block mit seinem bröckeligen sandfarbenen Putz wie der Fels von Gibraltar im tosenden Atlantik oder diese französische Zuchthausfestung Fort Boyard. Fast so lang wie das Hauptschiff einer gotischen Kathedrale und ebenso weitläufig schien der Bau tief in den Boden eingegraben zu sein. Oberhalb von fünf Etagen mit vergitterten, schießschartenhaften Lichtschächten, die vermutlich selbst an Sonnentagen kaum Helligkeit ins Innere dieser neuzeitlichen Trutzburg ließen, thronte ein von Fenstergauben aufgerautes Schrägdach, dass mindestens weitere zwei Stockwerke beherbergte. Die Gebäudeflanke, an der Pia in diesem Moment vorüber fuhr, war der Straßenführung angepasst leicht abgerundet. Alle anderen Flügel waren hingegen gerade, steil und abweisend wie die Mauern eines Gefängnisses. Den Rücken der gebogenen Gebäudeseite bildete ein Turm von quadratischer Form, der den Rest des brachialen Klotzes nochmals um mindestens zehn Meter überragte und von einem verwitterten Spitzgiebeldach gekrönt wurde. Gleich später gekeimter Pflanzenableger hatte sich noch eine Reihe kleinerer, niedrigerer Schuppen und Hallen um das Bollwerk angesammelt.

Ach du liebe Güte, dachte Pia, die sich anhand dieses unerwarteten Bollwerks kaum noch auf den Verkehr konzentrieren konnte. Erst, als sie den Block fast umrundet hatte, erkannte sie etwas, das diesem monströsen Ding endlich Sinn und Zweck zu geben schien. Es war eine verblasste, aber trotzdem noch lesbare Aufschrift.

WILFRIED FELIX MANN
GROSSHANDEL
BÜRO UND LAGER

Der Betrieb W.F. Mann gehörte zu Ulm wie das Münster und die historische Stadtmauer, hinter der sich Pias Heimatstadt im Schwäbisch/Bayerischen Grenzland ausbreitete. Direkt am malerischen Münsterplatz unterhielt MANN'S ein wunderschönes Geschäft für Haushaltswaren und Geschenkartikel; ein Besuch auf dem alljährlichen Weihnachtsmarkt von MANN'S zählte für viele Ulmer wie Pia und Tamina zu den liebsten Festtagstraditionen. Und dieser Klotz, dieses riesige gestrandete Panzerschiff, war also das Zentrallager der Firma. Kein sonderlich angenehmer Ort zum Arbeiten, vermutete Pia.

Etwa hundertfünfzig Meter jenseits des steinernen Bollwerks fand Pia einen Parkplatz direkt am Römerplatz. Von dort aus war es nur ein Steinwurf zu der Apotheke, die hier *Heilig Blut* und nicht *Heilig Kreuz-*Apotheke hieß. Aber heilig blieb heilig, und der sehr zur Agnostik tendierenden Pia war soviel betonte Heiligkeit sowieso extrem verdächtig.

Die Verkäuferin (*Rolf's Frau Kathi*, dachte Pia) war zum Glück nicht ganz so vordergründig fromm wie ihr Mann drüben in der Karlstraße. Aber die beiden Geschäfte sahen sich im Inneren derartig ähnlich, dass Pia ohne einen Blick aus dem Fenster nicht hätte sagen können, in welcher der beiden Filialen sie nun stand. Pia schauderte es beim Gedanken, es könnte sogar im Umland noch mehr Außenstellen geben, die dann vermutlich *Heilig Gebein, Heilig Sarg* und *Heilig's Blechle* hießen.

Halleluja!, dachte sie.

6

Der Regen hatte endlich aufgehört, als sie kurz darauf mit den vom Kinderarzt verschriebenen Medikamenten die Apotheke verließ. Das war zur Abwechslung eine gute Nachricht. Blieb also nur noch das zu lösende Einkaufsproblem.

Sie ging hinüber zum Frosch und deponierte ihre Handtasche und den kleinen Stoffbeutel mit der Medizin darin auf dem Beifahrersitz, wo sie ihren Hausrat unterwegs stets liegen ließ. Sie fuhr aber noch nicht sofort los. Stattdessen schaute sie sich aufmerksam um, ob ihr gleich hier ein Supermarkt oder auch nur ein Tante-Emma-Laden buchstäblich vor die Flinte lief. Was sie sah, war jedoch nicht sehr ermutigend. Sie hatte den schmucklosen Römerplatz direkt vor sich, linker Hand lag die Apotheke und rechts wuchtete sich hinter einigen nicht minder vernachlässigten Wohnhäusern (*konsequente Ungepflegtheit der Bausubstanz schien so etwas wie das Hauptproblem dieses Viertels zu sein, fiel Pia auf*) das Mann-Zentrallager in die Höhe.

Etwa zweihundertfünfzig Meter die Sedanstraße entlang konnte Pia einen lang gezogenen Hallenbau ausmachen, vor dem ein Handvoll PKW parkte. Pia runzelte die Stirn. Kathi aus der *heiligen Apotheke* hatte gesagt, sie wäre sicher, dass es in dieser Richtung tatsächlich einen Supermarkt hatte. Dieser Laden sei aber mindestens einen Kilometer entfernt. Somit konnte das, was Pia dort sah, nicht der von Kathi erwähnte Supermarkt sein. Aber

Pia wusste auch, dass ihr die Zeit nicht viele Alternativen ließ.

Also manövrierte sie den Frosch keck aus der Parklücke und steuerte dann schnurstracks auf den riesigen Bungalow zu. Die Halle lag noch auf demselben Grundstück wie das Mann-Lager, jedoch außerhalb von dessen Umzäunung. Bei näherer Betrachtung entpuppte sie sich als rundlich geformt wie eine Dampfnudel, was ihr eine seltsam organische Beschaffenheit verlieh. In altmodisch geneigten Lettern war auf der großen Frontscheibe der Schriftzug

LEBENSMITTEL

zu lesen.

Hurra, geschafft! dachte Pia.

Kurz vor ihrem Ziel bremste sie den Corsa etwas ab, um die versteckte Einfahrt zum Parkplatz nicht zu versäumen. Es war gut, dass sie das tat, denn wie aus dem Nichts jagte in diesem Moment ein anderer Wagen – ebenfalls ein grüner Opel Corsa, und was für ein Zufall *dieser* Zusammenstoß gewesen wäre! – vom Parkplatz her auf sie zu. Ohne zu bremsen oder scheinbar auch nur zu gucken, was sonst auf der Straße los war, zischte der andere Corsa knapp zwei Meter vor der Schnauze des Froschs vorbei. Dann düste der andere Wagen mit schlingerndem Heck in Richtung Römerplatz, wo er nach links abbog und verschwand.

Pia atmete scharf ein und hieb kurz auf die Hupe, obwohl der vermeintliche Amokfahrer schon über alle Berge war. Darum schluckte sie auch die Verwünschung, die sie schon auf ihrer Zunge gehabt hatte, wieder herunter. Sinnlos. Mit pochendem Herzen stellte sie den Frosch an der kahlen Vorderfront des namenlosen Supermarktes ab, möglichst nahe beim Eingang, falls der Regen wieder beginnen würde.

Nachdem sie sich etwas vom Ärger über die Beinahekollision beruhigt hatte, realisierte sie, dass sie der letzte Kunde hier zu sein schien. Aber egal, denn sie war am Ziel ihrer Mission. Sie hatte einen Lebensmittelladen erreicht *und* es waren noch zehn Minuten bis sechs Uhr. Zumindest bis sechs würde der Laden in jedem Fall geöffnet haben. Und das genügte ewig (manche Märkte blieben ja nun sogar bis halb sieben geöffnet; wo sollte das nur hinführen? Amerikanische Verhältnisse? *Nein danke*, dachte Pia.)

Erleichtert klemmte sie sich ihre Handtasche unter den linken Arm, verriegelte die Fahrertüre und drückte aus Gewohnheit nochmals den Knopf für den Kofferraum. Dieser war natürlich fest verschlossen. Dann durchquerte sie das Portal des Supermarktes.

Zweiter Teil

Innenwelt

1

Diese Kargheit war das erste, was ihr auffiel.

Alles schien hier kahl zu sein, wirkte billig und spartanisch, besonders im Vergleich mit ihrem bunten Depot-Stammsupermarkt in der Oststadt. Nicht einmal die übelsten Discounter schafften es, ihre Läden so schmucklos und einfach nur *trost*los aussehen zu lassen. Die Wände waren unverkleidet, so dass man einen guten Blick auf Backsteine, Rigipsplatten, bröseligen Fugenkitt und Stromkabel bekam. Auch die Decke war ein Gewirr aus rostigen Lüftungs- und Heizungsrohren. Viel zu wenig staubige Glühbirnen baumelten hier und da an nackten Kabeln von der Decke herab und verbreiteten eher schummriges Zwielicht, als dass sie die Waren und das Geschäft wirklich illuminierten. Der Linoleumboden war stumpf ockerfarben und die ungewöhnlich hohen Regale muteten ebenso anspruchslos an; zumindest sahen ihre Auslagen voll gepackt mit Waren aus. Das einzige, was die Geschäftsleitung getan hatte, um die Stimmung aufzubessern, war zugleich das einzige, auf das Pia mit ihrem musikalisch geschulten, feinen Gehör hätte verzichten können: aus überforderten Lautsprechern krächzte und rauschte eine Kakophonie, die vermutlich einmal Musik gewesen war oder auch Musik hätte sein sollen

So musste die Discount-Ausgabe einer Vorhölle klingen und aussehen, dachte Pia gallig und holte sich einen quietschenden, nach links ziehenden Einkaufswagen, wobei sie kein Markstück brauchte, um den Karren auszulösen.

Es gab vier Kassen, von denen nur eine besetzt war, Nummer vier. Die Kassiererin war eine feiste, teigige Frau irgendwo jenseits der fünfzig und diesseits der sechzig. Sie hatte ihr Haar auf antiquierte Weise hochtoupiert und dann – zumindest sah es in dem seltsamen Dämmerlicht so aus – mit Puder bestäubt. Das Muster ihres geblümten Kleides war schon vor Urzeiten (*vermutlich jener Ära, da ihre Frisur modern war*) ausgebleicht, und wenn sie nicht auf verrückte Weise erstaunt und verblüfft aufgesehen hätte, als Pia den Laden betrat, so hätte man sie auch für eine teigige und staubige Schaufensterpuppe halten können. Jetzt aber verfolgte sie jeden Schritt, den Pia machte, mit wachsender Aufregung, als habe sie nie und nimmer damit gerechnet, jetzt noch Kundschaft zu haben. *Nein*, korrigierte sich Pia, *als habe sie schon seit Jahren keine Kundschaft mehr gesehen.*

»Ich hab doch schon noch Zeit, oder?«, fragte Pia, als sie die Reihe der Registrierkassen passierte, die den Eingangsbereich wie ein Spalier Wachhäuschen vom Warenbereich abtrennte.

»Zeit?!«, sagte die Frau. »Sie *haben* Zeit ... aber *ER* auch... und Sie ... Sie sollten nicht ...«

»Ich brauch nicht lang«, sagte Pia lächelnd. »Ich brauch nur ein paar Dinge fürs Abendessen. Dann haben sie Feierabend.«

»Gehen Sie nicht zu weit rein!«, flehte die Kassiererin. »Sie sollten nicht ... es ist nicht gut, wenn ...«

»Keine Sorge«, sagte Pia, die sich zunehmend unsicherer fühlte, aber nicht von ihrem Vorhaben abbringen ließ. »Ich brauch nicht lange. Wir kommen *beide* rechtzeitig nach Hause.«

»Sie *sind* nicht von hier, oder?«, rief die Kassiererin ihr nach. »Dann wüssten Sie ... Sie wüssten ... *ER ist größer, als Sie denken!*«

»Schon gut, meine Liebe, ich *war* schon Mal in einem Supermarkt.« Als universelle Antwort einfach nickend, immerzu nickend, trat Pia zwischen zwei Regale und war froh, endlich in Ruhe einkaufen zu können.

2

Wie immer bestand die erste Übung in einem unbekannten Supermarkt darin, sich zu orientieren. Doch auch dies machte man ihr hier nicht gerade einfach. Alle Regale sahen gleich aus, waren in identischem Abstand voneinander aufgestellt und auch auf exakt dieselbe Art und Weise sowie nach demselben Muster bepackt, egal, was sich darin befand. Freundliche Wegweiser oder Hinweisschilder wie OBST, GEMÜSE, TIEFKÜHLPRODUKTE oder auch MILCHPRODUKTE suchte Pia vergebens. Hier gab es keine schmucke Präsentation, keine Verkaufspsychologie, nur Waren und noch mehr Waren und sonst nichts. Eine Reduzierung auf das wesentliche. Gewissermaßen ein Konzertstück von Michael Nyman oder Phillip Glass als Supermarkt, gestattete sich Pia einen musikalischen Insider-Scherz und erfand einen Slogan: *Kaufen Sie bei KAFKA's, dem Supermarkt, wo Sonderangebote auf sonderbare Leute treffen.*

Dem Muster scheinbar der meisten Discounter folgend waren die Lebensmittel im Eingangsbereich noch als Markenwaren erkennbar ... oder *erinnerten* zumindest an Markenwaren, denn soweit sich Pia erinnerte, hießen diese leckeren kleinen Dinger HANUTA und nicht HASNUWA, obschon das Logo bis zur Plagiatsgrenze identisch aufgemacht war. Aber je weiter Pia in die wie ausgestorbene Markthalle vordrang, desto mehr dominierten die eigenen Produkte des Händlers – schlichte, einfarbige Verpackungen, die außer dem Namen des

Artikels völlig textfrei waren und auch ohne jegliche Abbildungen auskamen.

Vielleicht kristallisierte sich ja anhand der Warenanordnung so etwas wie ein logisches Schema heraus, wo hier welche Artikelgruppe platziert war. Darum nahm Pia willkürlich eine Packung aus dem Regal, neben dem sie stand. Was hatte sie erwischt? *ABÄCKO Röstbrot* stand in großen, leicht angeschrägten Lettern auf der kargen Verpackung aus silberner Folie. Das war nicht, was sie gesucht hatte. Auch der Name des Herstellers sagte ihr rein gar nichts. Aber wenigstens konnte sie nun relativ sicher sagen, dass sie sich hier in der Backwarenabteilung befand. Sie legte die Packung Toast-, nein, *Röst*brot in ihren Wagen und ging dann zügig weiter, passierte dabei abgepackten ABÄCKO Kuchen, ABÄCKO Pumpernickel und ABÄCKO Backpulver.

An einer Wegkreuzung hinter dem Regal mit den Backwaren ging sie nach links und stand nun in einem Querkorridor, der sich auf beiden Seiten im Zwielicht der Supermarkthalle verlor. Ob es an genau jener schummrigen Beleuchtung lag, an der schrägen, scheppernden Musikberieselung oder daran, dass sie sich gar bei Tamina angesteckt hatte, jedenfalls jagte unvermittelt eine Zacke aus Kopfweh durch ihren Schädel, gefolgt von einem eigentümlichen, eiernden Schwindelgefühl. Sie blieb stehen, stützte sich auf den Wagen und wartete mit geschlossenen Augen, bis das Unwohlsein ein wenig abgeklungen war. Dann setzte sie ihren Weg fort, jedoch nur eine Handvoll Schritte. Spontan entschloss sie sich, dass einer jener abgepackten ABÄCKO Schokokuchen noch eine nette Idee wäre. Daher ließ sie ihren Wagen hinter sich und ging zurück zur Diele mit den Backwaren. Nur, dass in dem Regal, vor dem sie nun stand, FRI-

SCHO-Obstkonserven auf Kunden warteten und keine Backwaren, wie Pia erwartet hatte.

Pia runzelte die Stirn. Sie war *ganz* sicher, dass dies der richtige Flur mit den Backwaren sein musste, immerhin war sie nur ein paar Meter weit gekommen. Na schön, vielleicht lag es ja an dem Kopfschmerz, der sie vorhin überfallen hatte, dass sie die Entfernung falsch einschätzte. Und wo die Obstkonserven waren, konnte auch das Apfelmus nicht weit sein. Das sagte ihr die simple Logik. Tatsächlich wurde sie auf der anderen Seite des Konservenregals fündig.

Mit ihrer Beute unter dem Arm, einer Dose FRISCHO APFELKOMPOT (*dass es eigentlich Kompo*tt *hätte heißen müssen, fiel Pia zwar auf, aber Sie verschwendete keine Zeit, darüber nachzudenken*) wechselte sie in den nächsten Seitenarm hinüber. Hier stand sie nun vor einem kompletten Gerüst voller kleiner weißer Päckchen mit der kryptischen Aufschrift:

VALENS - gestern gut, heute gut, morgen gut.

Was, um alles in der Welt, war ein VALENS? Pia nahm die Verpackung von allen Seiten unter die Lupe. Sie fand jedoch außer dem Namen, dem sinnfreien Werbespruch und einem Preisaufkleber auf der Rückseite (,*0,25' ohne jede Währung*) keine Hinweise darauf, was ein VALENS sein könnte – eine Wurst, eine Waffel, ein Hundekuchen oder ihrethalben auch ein Stück Seife. Es fühlte sich solide genug an, um all dies sein zu können. Wieso bunkerte dieser seltsame Markt also genügend neutrales VALENS, um mehrere Kompanien Soldaten damit satt oder auch sauber über den Winter zu bringen?

Verrückt. Wie alles hier bei *KAFKA's, dem Markt der kleinen Preise und des großen Irrwitzes*. Wie viel Zeit blieb ihr überhaupt noch bis Ladenschluss? Rasch lugte sie auf ihre schlichte Armbanduhr. Laut derer war es ungefähr sieben Minuten vor Sechs. Allerdings bewegte sich der Sekundenzeiger nicht mehr, weil die alte Zwiebel mal wieder stehen geblieben war, was öfters vorkam. Also konnte es zwischenzeitlich schon viel später sein. Das war ein beunruhigender Gedanke, nicht nur, weil ihre kranke Tochter zuhause wartete und wartete. *Man würde sie hier doch nicht einschließen?*, fragte sie sich. Dies bezweifelte sie jedoch selbst. So verpeilt sie gewesen sein mag, die Kassiererin hatte sie schließlich gesehen und wusste, dass sie hier war.

Sie warf das obskure VALENS zurück zu seinen unzähligen Kumpels in die Auslage und ging wieder hinaus in den Querkorridor, wo ihr Wagen stand ... nein, wo ihr Wagen stehen *sollte*. Verblüfft schaute sie sich um. In dem Moment, als sie ihrem Ärger lautstark Luft machen wollte, weil irgendjemand ihren Wagen einfach beiseite geschoben hatte, entdeckte sie ihn doch. Indes war er mindestens zwanzig oder fünfundzwanzig Meter weiter weg, als sie ihn vermutet hatte. *War* es also überhaupt ihr Einkaufswagen? Je näher sie dem Karren kam, desto sicherer war sie. Denn im Inneren lag noch wie eine halbrunde Nissenhütte aus der Nachkriegszeit ihr ABÄCKO Röstbrot.

»Fantastisch, einen fremden Einkaufswagen wegfahren, das ist ja *dermaßen* neu und lustig!«, rief sie in der Hoffnung, der vermeintliche Witzbold, wenn es ihn gab, hörte es. Dieser Nachmittag wurde echt immer besser und besser. Erst die Apotheken-Irrfahrt, dann dieser Supermarkt mit integriertem Spaßfaktor, das Schwindelgefühl, das sich schleichend, aber konsequent intensivierte, bis sie das Gefühl hatte, sie bewegte sich über das Deck eines bei hohem Seegang schwankenden Ozeandampfers, und nun auch noch ein Witzbold, der Einkaufswagen versteckte.

Pia erreichte den Wagen ungefähr fünf Schritte später. *Fünf Schritte?* Seltsam. Dies kam ihr viel zu kurz vor. Denn sollte sie die anfängliche Entfernung zwischen sich und dem Karren auch nur annähernd korrekt eingeschätzt haben, so waren fünf Schritte nur ein Drittel dessen, was sie zum Wagen hätte zurücklegen müssen. Etwas stimmte definitiv nicht mit ihr, soviel stand fest.

KAFKA's, immer für eine Überraschung gut, dichtete sie einen weiteren Werbespruch, legte das APFELKOMPOT zu OBÄCKA und wollte eigentlich nur noch heim. Aber sie hatte ihrer kranken Tochter hoch und heilig Pfannkuchen mit Jägersoße und Apfelmus versprochen, also würde Tamina auch ihre geliebten Palatschinken bekommen und nicht nur Röstbrot mit KOMPOT und ein VALENS zum Nachtisch.

Unter an einem von der Decke hängenden Krachmacher stehend (*das Wort ‚Lautsprecher' war für dieses scheppernde Ding aus grauer Vorzeit gänzlich fehl am Platz*) spähte Pia in den nächsten Korridor. Dort gab es Waschmittel und Weichspüler, auf dessen Flaschen konsequenterweise WASCH WEISS und WEICH EXTRA stand. Auch hier herrschte jene Direktheit, die man diesem ganzen Markt irgendwie zugute halten musste.

Wie ein Regierungsprogramm nach der Wahl, also völlig plan- und ziellos, aber zumindest mit raschen Schritten, ging Pia an der Wäschepflege vorüber. Dahinter stieß sie auf mächtige fünf-Liter-Bottiche eines Putzmittels namens AXIXA und fand sich jäh an einem weiteren Quergang wieder. Dessen Flanken entschwanden genauso im Dämmerlicht wie die des anderen Korridors, wo ihr kurzzeitig der Wagen abhanden gekommen war.

Warum sie hier nach rechts abbog, konnte sie nicht sagen. Es erschien ihr einfach eine bessere Alternative als die linke Seite, die sie weiter von Brot und den Konserven wegführen würde. Obschon dies hier *KAFKA's, der befremdliche Markt* war, musste man doch irgendein Konzept musste man bei der Regalbelegung doch gehabt haben. Seufzend lief sie unter einer weiteren nackten Glühbirne durch, die an einem schätzungsweise zwanzig Meter langen Kabel von der Decke baumelte.

Zwanzig Meter?

Pia legte den Kopf in den Nacken und kniff die Augen zusammen, um mehr erkennen zu können. Der zunächst irrationale Eindruck blieb nicht nur bestehen, er verfestigte sich sogar noch. Pia war sicher, dass sie sich nicht täuschte und die Halle an dieser Stelle zwanzig Meter hoch war anstatt der drei oder vier wie am Eingang. Das würde bedeuten, dass dieses Gebäude wie eine Blase geformt war. Der Teufel sollte sie holen, wenn ihr dies von außen aufgefallen war. Aber wahrscheinlich war sie so beschäftigt damit gewesen, die Einfahrt zum Parkplatz zu finden und anderen Opel Corsas auszuweichen, als dass sie drauf geachtet hatte.

Und trotzdem, zwanzig Meter, dachte sie befremdet. Das hier war nur ein erbärmlicher Supermarkt und keine gotische Kathedrale wie das Ulmer Münster. Warum sollte jemand eine zwanzig Meter hohe Halle für einen lächerlichen Einkaufsmarkt bauen?

Möglicherweise war dies hier ein Gebäude gewesen, das einst zum wuchtigen Mann-Lager nur ein paar Meter Luftlinie gehört hatte. Der Betreiber dieses Ladens hatte es dann einfach so übernommen, anstatt einen Neubau hinzuklotzen, wie es die ganzen Discounter heute scheinbar an jeder Straßenkreuzung taten. Nun, das klang wenigstens plausibel.

Sie brauchte Mehl für den Teig! Daran erinnerte sie sich plötzlich, als sich in einem Regal zu ihrer Rechten Mehlpackungen in die Höhe türmten (*wieder mit dem ABÄCKO-Schriftzug, den sie von den Broten her kannte.*) Sie legte eine Packung in ihren Karren und fuhr dann mit ihren langen, schlanken Fingern in die sämtliche Jacken- und Hosentaschen, um den Einkaufszettel zu Tage zu befördern. Aber wie jeder echte Einkaufszettel war er nun hier, im Laden, nicht mehr aufzufinden, nicht einmal in ihrer Handtasche. Hatte sie ihn überhaupt eingesteckt? Sie erinnerte sich, wie sie den Zettel geschrieben und dann das Rezept für Taminas Medizin eingesteckt hatte. Dass sie die Liste mitgenommen hatte, erschien ihr nun auf einmal fraglich. Aber das war nicht das Ende der Welt. Sie hatte ziemlich genau im Kopf, was sie brauchte.

Jenseits des Mehlregals, in einer zum Glück relativ ruhigen Zone zwischen zwei Lautsprechern, überquerte sie einen weiteren Längsgang. Nun stand sie zwischen zwei identischen Warenauslagen, linker Hand Glasflaschen mit klarem Inhalt und der Aufschrift KORNBRAND, rechts Glasflaschen mit rötlichem Gesöff, bei dem es sich um WEINBRAND handelte. Der Weinbrand kostete übrigens laut Aufkleber 7,99 welcher Währung auch immer. Pia kehrte abrupt um, denn das Lager mit Alkoholika war sicher *nicht* die Richtung, in die sie wollte.

Wenn sie im Geiste ihren Weg korrekt zurückverfolgte, dann musste sie zuerst nach links und dann wieder nach rechts, um zurück zu den Kassen zu gelangen. Noch

glimmten allerdings die wenigen unverkleideten Glühbirnen (nicht, dass sie viel Licht abgegeben hätten), und
auch die schreckliche Musik eierte und schepperte immer
noch vor sich hin. Also hatte sie mit Sicherheit noch ein
genug Zeit, um eine Dose Champignons und ein wenig
Milch – ihr genügte ja schon irgendwelche H-Milch,
wenn es sein musste – zu finden.

Nachdem sie einige Schritte dem endlosen Quergang
gefolgt war, las sie im Augenwinkel die Worte MUNTER
KAFFEE auf einer backsteinharten Packung in einem der
Regale links. Das war zwar nicht der Pfad zur Kasse,
aber in ihrem Lieblingssupermarkt (den sie mit jeder
Sekunde hier bei *KAFKA's* mehr vermisste) konnte man
Tetrapacks mit H-Milch gleich neben dem Kaffee im
vermeintlichen »Frühstücks-Block« finden. Also gab es
zumindest eine Chance, dass dies hier auch so war.

Kurz entschlossen bog sie nach links ab, studierte die
Auslage um den Kaffee herum zuerst ebenso hoffnungsvoll wie kurz darauf enttäuscht. In der Diele seitlich des
Kaffees türmten sich Kakao und etwas, dass sich SPAR-
PULVER nannte (*vermutlich so etwas wie Malzkaffee, dachte
Pia*). Schon eine Regalbahn weiter konnte sie nur noch
zwischen schwarzen, weißen, grauen, blauen und pas-
tellroten Polyestersocken ihren schwitzigen Favoriten
aussuchen.

Verdammt, das durfte doch nicht wahr sein! fluchte sie.
Welche erbärmlichen Dilettanten waren hier nur am
Werk gewesen?

Wütend machte sie wieder kehrt. Obwohl es sinnlos
war, spähte sie nochmals auf ihre Armbanduhr, wie man
es halt einfach tat, wenn man glaubte, das Zeitgefühl sei
einem abhanden gekommen. Für ein paar Momente zeig-
ten die Zeiger achtzehn Uhr vierzig, nur dass sie dabei

rückwärts liefen, dann verharrten sie ruckartig und rasten wieder in die richtige Richtung, bis es nach einigen Augenblicken bereits kurz vor acht war. Pia verharrte wie vom Blitz gerührt direkt vor dem SPAR-PULVER und betrachtete ihre Uhr, die ihr auf einmal so fremdartig erschien wie dieser ganze groteske Supermarkt. *Konnte es wirklich schon kurz vor acht sein?*

Unmöglich. Dann hätte dieses Geschäft bereits geschlossen und man hätte sie rausgeworfen. Das Personal – also zumindest die Kassiererin mit den gepuderten Haaren – wusste schließlich, dass sie hier war, sagte sich Pia erneut. Und dennoch ... was, wenn man sie buchstäblich vergessen hatte? Sie musste zugeben, dies war abwegig, aber nicht so völlig ausgeschlossen wie sie noch kurz zuvor geglaubt hatte.

Da jedoch die Lichter und die Musik immer noch nicht abgeschaltet waren, *war* nach wie vor jemand vom Personal hier. Demnach *konnte* es nicht fünf vor acht sein, beschloss Pia mit einer gewissen Sturheit. Sicher, im Ausland durften viele Läden so lange aufbleiben, wie sie lustig waren, und was sich in zehn Jahren mit dem Deutschen Ladenschlussgesetz ergeben hatte, stand in den Sternen. Vermutlich existierte dieses Gesetz im Jahre 2005 bereits nicht mehr, und wir würden 24 Stunden, 7 Tage die Woche einkaufen gehen können, hurra! Aber *jetzt und hier* im Deutschland des Jahres 1995 *gab* es keine Supermärkte, die so lange öffneten.

Als Pia ihren Arm wieder senkte und ihre Finger förmlich um die Haltestange ihres Einkaufswagens krallte, hatte ihre Uhr begonnen, kontinuierlich zwei Sekunden rückwärts und dann eine Sekunde vorwärts zu ticken, ein Anblick, der sie seekrank werden ließ. Schlimmer noch war allerdings dieses gleichermaßen irrationale wie ungute Gefühl, dass sie sich *wirklich* schon mehr als eine Stunde hier bei *KAFKA's* herumtrieb. Das würde bedeuten, dass sich Tamina inzwischen mit Sicherheit wirklich Gedanken machte, wo ihre Mutter blieb; vermutlich spähte sie im warmen Licht ihrer Nachttischlampe immer wieder zum Telefon hinüber oder sah jedes Mal gespannt von ihrem Buch auf, wenn jemand das Treppenhaus hinaufkam, nur um immer wieder enttäuscht zu werden.

Dieses geistige Bild erschütterte sie bis ins Mark

Nein, dachte Pia. *Schluss jetzt. Das war's. Raus hier!*

3

Energisch schob sie ihren Einkaufswagen zurück in den nächsten Durchgang, und von dort aus nach links. Es *war* doch links gewesen, oder?

Sie versuchte erneut, ihren Weg hierher zu rekonstruieren. Sie besaß ein zumindest *brauchbares* Orientierungsvermögen und war sich daher relativ sicher, dass sie jetzt zuerst nach links musste und ein paar Dielen später wieder nach rechts, um zu den Kassen zurück zu kommen, was ihr jetzt am sinnvollsten vorkam. Immerhin konnte sie auf diese Weise noch versuchen, mit Hilfe der Kassiererin oder des Filialleiters (oder gerne auch des Heiligen Geistes) die fehlende Milch und Konservendose zu lokalisieren und dann zu verschwinden. Sie hatte schon zu viel Zeit hier verplempert, Zeit, die sie mit ihrer kranken Tochter hätte verbringen können und *müssen*.

Sie verließ den Querkorridor also wie angedacht kurz darauf nach rechts. Sie schritt resolut an Auslagen voller in Beige eingeschlagener Schokotafeln vorbei (NUSS, BITTER und MILCH, mehr schien es hier nicht zu geben, fast wie in der Nachkriegszeit) und ließ dann einen weiteren Verbindungsgang hinter sich. Nun umgeben von schmucklosen Pappschachteln, deren Beschriftung DERMELS ECHTES ebenso wenig Rückschlüsse auf ihr Produkt zuließ wie bei VALENS, beschleunigte Pia ihr Tempo noch mehr, bis die Räder des Einkaufswagens vor Belastung fast schon Mitleid erregend quietschten.

Noch eine Bresche zischte vorüber. Und noch eine. Aber keine Kasse oder auch nur ein Endregal kamen in

Sicht, obwohl sich Pia nicht hundert-, sondern *hundertzehn*prozentig sicher war, dass sie richtig lag. Doch hier gab es nur diese verdammten Glühbirnen, deren trübes Licht weitere Auslagen voller anonymer Waren besprenkelte.

 Pia wechselte abrupt nach rechts in einen Längsflur und hastete weiter durch diesen verstörenden, verwinkelten Irrgarten aus Produktregalen, obwohl sie mehr und mehr eine Empfindung wie aus einem bösen Traum quälte: die Unfähigkeit, voranzukommen, obwohl man sich nach Leibeskräften abmühte.

Wenn es dieses Gefühl aber nur in Träumen gab, wieso nahm auch dieser Gang hier dann kein Ende? fragte sie sich. Und wie konnte sie bereits zum dritten Mal an DER-MELS ECHTEN vorbei gekommen sein, obwohl sie sich keinesfalls in einem Kreis, sondern schnurstracks voran bewegte?

Weil sie sich verirrt hatte, so absurd es selbst für Pia klang, die diesen Gedanken fasste. Weil sie sich tatsächlich kurz vor Ladenschluss in diesem beschissenen, riesigen, völlig gleichförmigen Supermarkt verirrt hatte. Und das nicht irgendwann, sondern während ihre kranke Tochter zuhause immer ungeduldiger und besorgter auf sie wartete.

Völlig außer Atem und zutiefst erschrocken über das Gefühl von Hilflosigkeit und Zeitmangel, das sich fast explosionsartig in ihr ausbreitete, blieb Pia stehen. Sie klammerte sich schnaufend an die Griffstange des Einkaufswagens wie an das Haltegestänge eines Fitness-Laufbandes.

Sie konnte sich doch nicht in einem Supermarkt verirrt haben.

Niemand verirrt sich in einem dämlichen Lebensmittelladen, dachte sie wütend, schränkte dann aber notgedrungen ein: nun, vielleicht niemand vor ihr. Und sicher niemand, der nicht auch eine entnervende Odyssee durch heilige Apotheken hinter sich hatte und dann in den nächstbesten anonymen Markt gehuscht war, welcher sich als wahrlich kafkaesker Alptraum entpuppte.

»Hallo? Kann mich irgendjemand hören?« rief sie aus Leibeskräften, bildete dabei sogar mit den Händen einen Trichter vor dem Mund, um ihre Stimme noch zu verstärken. »Ich brauche hier Hilfe. *Kann mich jemand hören?*«

Die Antwort, die ihr die Zeit lieferte, war so niederschmetternd wie eindeutig: *nein, niemand konnte sie hören, und niemand schien sich für sie zu interessieren.*

»So eine *Kacke*!«, schrie sie.

Gerade wollte sie ihren ziellosen Gewaltmarsch fortsetzen, als sie plötzlich eine andere Idee hatte, die ihr zwar irrwitzig und gewagt, aber auch ziemlich gut erschien: sie musste sich einen Überblick verschaffen, wenn sie wieder hier heraus wollte. Und das ging nur von oben.

Kurz entschlossen setzte sie ihren rechten Fuß auf die unterste Etage des Regals vor sich, hielt sich dann am zweitobersten Brett fest und kletterte wie auf eine Leiter an dem Gestell empor. Egal, ob sie die Kasse nun selbst erspähte oder man sie auf irgendeinem Überwachungsmonitor erspähte und einen Hausdetektiv auf sie hetzte, der sie dann nach draußen eskortierte, irgendwas Gutes *musste* diese Expedition nach oben bringen. Behände erklomm Pia die letzte Etage des Regals, suchte mit den Füßen Halt (die oberste Etage schien stabil genug, um sie zu tragen) und richtete sich dann vorsichtig auf, die ausgestreckten Arme zum balancieren nutzend.

Keinen Atemzug später riss sie ächzend die leuchtend grünen Augen auf, und ihr Gesicht wurde zu einer blassen Maske des grenzenlosen Erstaunens, des Unglaubens ... und schließlich des puren Entsetzens.

4

Soweit sie schauen konnte, sah sie Regale, nichts als Regale, Querkorridore und wieder Regale dahinter, alles in perfekten 90-Grad-Winkeln zueinander angeordnet, schemenhaft illuminiert von den losen Glühbirnen, die alle paar Meter umherbaumelten. Wenn Pia ihren Augen überhaupt trauen konnte und es sich nicht nur um eine Sinnestäuschung im Zwielicht handelte, so schienen die Außenwände der an dieser Stelle dreißig oder sogar vierzig Meter hohen Riesenhalle einen unfassbaren Kilometer weit weg zu sein ... *utopisch* weit weg, immerhin war diese Halle groß, *größer als sie aussieht*, wie es die Kassiererin formuliert hatte, aber nie und nimmer *so* riesig.

Unmöglich.

»Das gibt's nicht!«, flüsterte Pia. »Das sehe ich nicht wirklich ... das kann ich nicht sehen ... das gibt es nicht!«

Aber sie *sah* es.

Sie sah es hier, genau vor sich, mit ihren eigenen Augen, denen sie jetzt schlagartig misstraute. Sie kniff die Augen zu, öffnete sie wieder und erblickte immer noch das gleiche undenkbare Bild ... obschon die Wände der Halle nun etwas näher an sie herangerückt zu sein schienen, Nuancen höchstens, aber merkbar. Erst dadurch erkannte sie, dass der Innenraum gegenüber den Außenwänden ein wenig verdreht oder verkantet zu sein schien und keiner der schnurgerade verlaufenden Korridore direkt zu einer der Mauern verlief. Nur ein verwirrender Zickzack-Kurs würde sie zu der ihr am nächsten liegenden Umwallung bringen.

Als sie den Kopf schüttelte, wie um die Existenz dieser Beobachtung schlichtweg zu leugnen, fiel ihr noch etwas auf: Je nachdem, wie sie ihren Blickwinkel veränderte, schien sich auch ihre Betrachtungs*perspektive* zu verändern, und zwar unverhältnismäßig stark. Es war, als würde sie eines jener bunten 3D-Bild vor ihren Augen hin und herschieben, anstatt sich selbst zu bewegen.

Sie beschloss, dass sie phantasierte (*so absurd der Gedanke auch sein mochte, dass sie phantasierte und sich völlig darüber im Klaren war, dass sie nichts als eine Halluzination vor Augen hatte*). Der Supermarkt war völlig normal, oder zumindest Normal im Rahmen seiner Möglichkeiten. *Sie* war das Problem. Sie hatte sich tatsächlich bei Tamina angesteckt und einen Fieberschub bekommen. Nur zu lebhaft erinnerte sie sich an das überfallsartige Kopfweh und Schwindelgefühl vorhin. Jetzt war sie restlos verpeilt in einem Supermarkt gestrandet, der kurz vor Ladenschluss und auch dank seines obskuren Sortiments so verlassen war wie eine Gothic-Disco an einem Montag um zwölf Uhr mittags.

Mehrmals stimmte Pia einen Hilferuf an, ein verzweifeltes »*Hallo?!*«, das jedoch nur ein paar Meter weit vordrang, bevor es sich in den unvorstellbaren Weiten der Halle verlor oder von der scheppernden Musik aus den grotesken Lautsprechern förmlich zersetzt wurde.

Pia kniff erneut die Augen zusammen und riss sie wieder auf. Auch diesmal ergab sich eine gravierende Veränderung aus ihrem Blinzeln: diesmal schien der Supermarkt *gar keine* Wände mehr zu haben, die irgendwo jenseits der schwachen Illumination und der enervierenden Krachmacher lagen. Diesmal war die Markthalle zu einem *endlich endlosen, in sich verwundenen* Gebilde geworden, als wäre M. Escher der Architekt gewesen. Ihr Gehirn brauchte ein paar Momente, um diesen unmöglichen Zustand des Seins in einen für sie verständlichen und greifbaren Code zu übersetzen, daher wäre ihr das wichtigste Detail fast entgangen: *etwa zehn oder zwanzig Regalreihen entfernt stand jemand, genau wie sie selbst, auf einem der Gestelle.*

»Hallo!«, rief sie und begann mit den Armen umherzufuchteln wie eine aufblasbare Werbefigur im Sturmwind. »*Haloooooooooo?*«

Da begann die Person, ebenfalls mit den Armen zu rudern.

Einen glücklichen Atemzug lang glaubte Pia, dass ihr der oder die Fremde damit antwortete. Aber dann fiel ihr am Winken ihres Gegenübers etwas auf, und sie ließ mutlos die Arme sinken. Fünf Sekunden später stand der andere in exakt derselben Haltung ebenso regungslos da wie Pia. Ein letztes Mal hob sie den rechten Arm, ließ ihn über ihrem Kopf kreisen und ballte dann die Hand zur Faust - und die fremde Person auf dem anderen Regal tat mit einer kleinen Zeitverzögerung wiederum dasselbe. Selber Arm, selbe Geste.

Pia begriff irgendwie, dass sie *sich selbst* sah, keinen anderen Menschen, der ihren Notruf gehört hatte. Nein, sie erblickte nur sich selbst, als wäre sie mit einer Bildbearbeitungssoftware angeklickt, kopiert und vielleicht zwanzig Meter neben dem Original wieder eingefügt worden.

Instinktiv versuchte sie, das Trugbild hinfort zu blinzeln, so wie jeder, der seinen Augen buchstäblich nicht mehr traute. Als sie die Augen danach wieder öffnete, war die ganze Halle mit Vervielfältigungen ihrerseits ausgefüllt, Hunderte Pias auf Hunderten von Regalen, die die Bewegungen des Originals mit unterschiedlichen Zeitverzögerungen nachmachten, synchron neben ihr vollführten oder sogar vorweg zu nehmen schienen, was das unbegreiflichste und schrecklichste an der Sache war. Noch mehr Pias schoben derweil Einkaufswagen mit ABÄCKO Röstbrot, Mehl und KOMPOT darin durch die Korridore, kreuzten ihre eigenen Bahnen, wobei sie für Sekundenbruchteile ihre feste Form verloren wie Sand im Wind und sich dann wieder zu soliden Ebenbildern zusammensetzten. Hin und wieder blieben die Phantom-Pias kurz stehen, wie um sich zu orientieren, und bewegten sich dann weiter. Genau so, wie Pia selbst es auf ihrem Irrweg getan hatte.

»Aufhören!«, rief Pia. »*Aufhören!* Ich *kann* nicht mehr!«

Es war zuviel. Das alles war *eindeutig* zuviel.

Zum Glück spürte sie schon im Voraus, dass sie in ein paar Augenblicken die Kraft einfach verlassen würde, sonst wäre sie kopfüber von dem Regal gepurzelt. So konnte sie noch reagieren, als ihr zum ersten Mal im Leben die Knie förmlich weg*schmolzen*. Irgendwie schaffte sie es, sich in der Fallbewegung an der obersten Warenauslage des Regals festklammern, was den Sturz zumindest dämpfte.

Pia wurde herumgerissen, wobei sie sich fast die Schulter auskugelte, und landete dann wie eine verunglückte Fallschirmspringerin auf dem stumpfen Linoleumboden. Zwar schaffte sie es, nicht auch noch mit dem Hinterkopf an das Regal zu krachen, schwarz vor Augen wurde es ihr dennoch.

5

Als sich wieder Bilder aus der wabernden Finsternis zu manifestieren begannen, lag Pia neben dem Einkaufswagen und hielt ihren pochenden und stechenden Kopf mit beiden Händen fest. Nicht viel fehlte, und ihr Kopf würde platzen.

»Das ist alles nicht passiert«, sagte sie laut und trotzig, während sie sich aufrappelte. »Das ist alles nicht passiert. Das *kann* alles nicht passieren. Das ist alles nur ein Fiebertraum. Ich werde jetzt nach Hause fahren, klar? *Ich gehe jetzt nach Hause zu meiner kranken Tochter, die auf mich wartet.*«

Genau *deswegen* ignorierte Pia die Tatsache, dass sie schon wieder von denselben identischen Auslagen mit schlichten Packungen darin umzingelt war. Sie ignorierte die Portionen von DERMELS ECHTEN, die ihr inzwischen so bekannt vorkamen, als wäre sie schon ihr Leben lang Käuferin dieser Marke. Stur und mit aristokratisch aufrechter Haltung schob sie ihren Einkaufswagen vor sich her. Dabei dachte sie an die fette Frau an Kasse vier. Sie konzentrierte alle Gedanken auf sie, als könne sie die Kassiererin und den Ausgang des Supermarktes damit einfach herbeiwünschen.

Aber das funktionierte natürlich nicht. Denn der Seitengang mündete bloß in noch einen linoleumausgelegten Korridor, der seinerseits von einem weiteren Flur zerteilt wurde. *Keine Kasse.* Irgendwo im Hinterkopf begann Pia ihre energischen Schritte zu zählen. Am Ende der ersten Regalbucht war sie bei 17 angekommen, nach dem folgenden Querarm waren es bereits 51, und irgendwann lag sie über 150, ohne das Gefühl zu haben, wirklich weiter gekommen zu sein (*wobei es ihr nicht zuletzt die völlig gleichförmige Umgebung fast unmöglich machte, ihren Fortschritt tatsächlich zu quantifizieren*.) Mit jedem Meter, den sie wie eine Schlafwandlerin am Grunde eines endlosen Regalcanyons vorantappte, ohne dem Ausgang des Supermarktes einen Meter näher zu kommen; bei jedem Regal voller LENKS BESTEN, BODEN WISCH oder auch KATZENFUTER (was ihr trotz der falschen Orthographie einen kurzen, aber erschütternden Heimwehstich bescherte), zerbrach sie innerlich ein wenig mehr.

Irgendwann dämmerte ihr die Sinnlosigkeit ihrer Rennerei. Abrupt blieb sie stehen. Sie massierte sich mit den Fingerspitzen so fest die Schläfen, dass es schmerzte, und wusste für ein paar schreckliche Augenblicke weder, was sie als nächstes tun sollte, noch was sie als nächstes tun *würde,* einen Schreikrampf bekommen, sich in einen hysterischen Lachanfall steigern oder einfach zusammenbrechen. Sie war noch nie in ihrem Leben in Panik geraten oder einfach ausgetickt. Aber hier und jetzt erschien ihr auf einmal alles möglich, so wie eine Supermarkthalle, die mir nichts, dir nichts vierzig Meter hoch und einen Kilometer lang und breit wurde und deren Regale mit nichts als LENKS BESTEN, DERMELS ECHTEN und natürlich VALENS angefüllt waren.

»Er ist innen größer, als er aussieht«, erzählte sie den Auslagen, stieß eine Mischung aus hilflosem Lachen und verzweifeltem Ächzen aus und krümmte sich dann über der Haltestange des Einkaufswagens zusammen, als habe man ihr gerade einen Schwinger in die Magengrube verpasst. Mit ungeahnter Geschwindigkeit begannen die

Warenregale wieder, um sie herum zu sausen, zuerst noch kreisförmig, dann in immer exzentrischeren Bahnen irgendwo zwischen Ellipsen und formlosen Wirbeln. Erst als sie die grünen Augen fest zukniff und so lange tief und konzentriert die schale, abgestandene Luft in ihre Lungen sog, bis sich der Boden wieder fest anfühlte, wich auch die Panik, die sie für ein paar Momente überwältigt hatte.

»In Ordnung«, sagte sie. »Ich bin in Ordnung!«

Sie zwang sich an etwas zu denken, was sie kannte und das ihr wieder ein Gefühl für *oben und unten* geben würde. Dabei vermied sie absichtlich alles, was mit ihrem geliebten Zuhause zu tun hatte. Instinktiv wusste sie, dass sie dies nur noch mehr aufwühlen würde. Stattdessen stieß sie in ihrem Gedächtnis auf die Violinsonate in G-Dur, KV301, komponiert von Wolfgang Amadè (wie er sich selbst nannte) Mozart, geboren als Joannes Chrysostomus Wolfgangus Theophilus Mozart am 27. Januar 1756 in Salzburg, gestorben am ... am ... *komm schon*, schimpfte sich Pia, *das weißt du, er ist einer deiner Lieblingskomponisten für das, was Martin auf gutmütige Weise verächtlich ‚loveley ear candy‘ genannt hat* ... gestorben am 5. Dezember 1791 in Wien. Dies war seit Jahren eine ihrer Lieblingssonaten und daher auch eines ihrer Selbstwahlstücke beim Vorspiel für das Ulmer Theaterorchester. Sie begann die Violinstimme des zweiten Satzes, Allegro, vor sich hin zu summen, wobei sie ganz besonders auf den Phrasierungswechsel von der *Piano* zu der *Forte*-Passage eine Viertelnote nach Takt 31 achtete.

Während sie andächtig intonierte, fixierte sie die imaginäre Partitur vor ihren Augen. Sie *fühlte* das weiße, griffige Papier, sah die zehn Systeme zu je fünf Notenzeilen, unterteilt in Taktstriche, und darauf in perfektem

Druck ausgebreitet der musikalische Kosmos des begnadeten Österreichers. Am Ende des zweiten Satzes fühlte sie sich endlich, als wäre der rote Nebel, der noch kurz zuvor ihr Innerstes ausgefüllt hatte, endlich zurückgewichen. Vielleicht hatte er sich noch nicht ganz aufgelöst, aber zumindest war er so weit abgedrängt, dass sie wieder einigermaßen klar denken konnte.

Sie war in einem Supermarkt und hatte sich infolge einer fiebrigen Erkältung, die sie phantasieren ließ, buchstäblich verirrt. Sie war die letzte Kundin in einer sowieso nicht gerade gut besuchten Filiale, die zwar groß – größer als sie draußen aussah – aber *nicht* kilometerweit war. Und darum hatte man sie noch nicht gefunden, obwohl (oder auch *weil*) sie vermutlich kopflos wie eine Schlafwandlerin im Kreis durch die Auslagen tappte und keinen Ausgang fand. Letztlich verhinderte nur der konstante Misston aus den prähistorischen Lautsprechern, dass irgendwer ihre Hilferufe vernahm. Tatsächlich konnte sie wieder so klar denken, dass sie nun eine ganz bestimmte Tatsache realisierte, die ihr eine gewisse Heiterkeit verlieh: »Hey«, sagte sie dem Einkaufswagen, an dem sie sich immer noch festhielt wie an einem Rettungsring. »Ich bin in einem Supermarkt voller Waren, ich kann *zumindest* weder verhungern noch verdursten, oder?!«

Doch der Einkaufswagen lachte nicht mit ihr.

DRITTER TEIL

Nachwelt

1

Eine Analyse ihrer Situation zeigte ihr nur zwei Alternativen zur Rettung auf: sie konnte hier an dieser Stelle verharren und warten, bis endlich jemand vom Marktpersonal vorbeikam und sie fand. Das mochte sinnvoll sein, wenn sie ihre Orientierungslosigkeit und die damit verbundene Hilflosigkeit bedachte. Angesichts der Weiträumigkeit dieser Halle und der Personaldichte des Marktes, dem sie ja vorhin schon den passenden Namen KAFKA's gegeben hatte, erschien ihr dies aber als keine so gute Idee. Und sie wusste auch bereits, dass sie das nicht tun würde. Sie musste selbst aktiv werden. Oder, wie ihr bester Freund an der Musikschule als Parodie eines bekannten religiösen Sprichwortes einmal gesagt hatte: *Hilf Dir selbst, dann hilft Dir Rod* (damit gemeint war natürlich die alte Blues- und Rockröhre Rod Stewart.)

Also wiederholte sie die Übung, die sie vorhin schon mal praktiziert hatte: sie erklomm eines der Regale. Ein gewisser rationeller Teil ihres Verstandes hatte zwar dank ihrer vernünftigen gedanklichen Argumentationskette damit gerechnet (*oder es zumindest erhofft*), dass sie nun wieder einen normalen Supermarkt aus erhöhter Perspektive erblicken würde. Aber immer noch lag vor und unter ihr das Panorama des endlos endlichen Raumes mit seiner strengen, ad infinitum fortlaufenden Geometrie aus Regalbuchten, die im 90-Grad-Winkel von Quer- und Längskorridoren unterbrochen wurden. Mit jedem Blinzeln kehrten auch die Legionen von Phantom-

Pias in den Korridoren und auf den Regalen zurück (letztere, wie auch das Original, so unbeweglich wie eine Statue).

Bei diesem Anblick drohte Pia fast wieder schwach zu werden. Unvermittelt holte sie aus und gab sich eine heftige Ohrfeige, genau wie auch die unermesslich vielen anderen Pias, die, je nach Zeitzone, die Hand schon wieder sinken ließen und dem ziehenden Schmerz dabei eine gute, *wache* Seite abgewinnen konnten; die JETZT GERADE ihre rechte Wange derartig erwischten, dass ihr Kopf zur Seite flog; oder die noch plötzlich die Hand hoch rissen und dann Schwung holten.

»Wenn du nicht wach bist«, flüsterte sie und verpasste sich noch eine Ohrfeige, diesmal links, »dann *wach jetzt auf!* Denk an deine *Tochter!*«

Ihr ganzes Gesicht schien auf einmal zu prickeln und fühlte sich glühend heiß an. Sie hatte nur ein einziges Mal von ihrem Papa eine Ohrfeige bekommen. Mit vierzehn Jahren war sie, ohne daheim Bescheid zu sagen, direkt nach der Schule zur Geburtstagsparty einer Freundin gegangen. Wenige Wochen zuvor war damals ein gleichaltriges Mädchen in Ulm vergewaltigt worden, und erst als sie schließlich um halb eins oder eins am Morgen heim kam und ihre am Boden zerstörten Eltern vorfand, dämmerte ihrem pubertätsverseuchten Verstand, *was* sie angerichtet hatte. Ihr Vater hatte sie wortlos eine Minute an sich gedrückt, ihr dann zum ersten und einzigen Mal eine geklebt, dass es *qualmte*, und sie anschließend gleich wieder in die Arme geschlossen, als könne er sich gar nicht entscheiden, welches seiner Gefühle stärker war: Dankbarkeit und Erleichterung, dass sie wieder da war, oder die Wut, warum seine Tochter ihren Eltern dies angetan hatte. Damals hatte sie das verwirrt. Inzwischen selbst Mutter einer Tochter, die bald in genau jenes verfluchte Alter kommen würde, verstand Pia ihren Papa jetzt nur zu gut.

Und dies war genau die Reaktion, die sie erhofft hatte. Endlich fühlte sie sich wieder stark, aufgeladen und fokussiert, als funktionierende Mutter mit der alleinigen Verantwortung für ihr Kind. Und ihre Tochter wartete nun schon viel zu lange auf sie. Dieser Alptraum *musste* nun enden. Das gab ihr die Kraft, dies durchzustehen und sich zu zwingen, die Augen offen zu halten.

Was sie beobachtete, war, dass die zahllosen Pias in ihren ebenso zahllosen Zeitebenen allmählich ihre Geschwindigkeit steigerten, bis sie nur noch als glimmende, amorphe Schlieren durch die Korridore sausten. Es glich einem jener Filme von mit Zeitraffer aufgenommenen Straßen aus Großstädten. Dann wurde ihr schlagartig klar: diese rasenden Echos ihrer selbst legten eine gewisse Regelmäßigkeit an den Tag, als sie immer und immer wieder durch dieselben Korridore jagten ... logischerweise die Gänge, die Pia zuvor benutzt hatte. Zu ihrer linken jedoch, da bewegten sich zwei der Schlieren abseits der anderen. Sie verschwanden hinter einer schummrigen Fata Morgana, die vor ein paar Minuten noch die Wand der Halle dargestellt hatte, kamen wieder aus ihr zum Vorschein und vereinigten sich kurzzeitig mit den Lichtbahnen der anderen Pia-Echos, bevor sie wieder in die Luftspiegelung eindrangen, wobei es jedes Mal einen elektrisch anmutenden, bläulichen Kugelblitz gab.

Das musste sie selbst gewesen sein, als sie diesen Supermarkt betreten hatte, schoss es ihr mit absurder Klarheit durch den Kopf, als habe sie eine derartige Situation schon tausende von Malen hinter sich gebracht. Aber es fühlte sich einfach viel zu *richtig* an. Das Gros der umherirrenden Echos war sie selbst, *nachdem* sie sich hier drinnen verirrt hatte, keine Frage. Aber diese beiden anderen Schlieren, das waren ihr Auftritt und vielleicht sogar ihr Abgang aus diesem Irrsinn. Anders konnte – und wollte – sie sich dieses Schauspiel nicht erklären. Dies *war* die Lösung, wie sie diesen Alptraum verlassen und zu ihrer kranken Tochter zurückkommen konnte, die schon viel zu lange in ihrem Bett lag und wartete, dabei immer wieder hoffnungsvoll zur Tür spähte, sobald jemand im Treppenhaus unterwegs war, nur um abermals enttäuscht zu werden.

Wie schon zuvor kniff Pia kurz die Augen zusammen und riss sie dann wieder auf. Kühl zwang sie sich, das, was sie sah, so zu analysieren, wie sie auch eine Partitur vor dem ersten Spielen eines neuen Stücks erst einmal sorgsam durchsah. *Was fiel ihr auf, egal ob dies nun fiebrige Einbildung war oder nicht?*

Das offensichtlichste war: Die Mauern der Halle hatten sich wieder materialisiert, was Pia alleine schon einen kurzen, freudigen Stich bescherte, da es wie eine Besserung ihrer Situation anmutete. Es gab jedoch noch mehr. Dort, wo diese immer wieder aus der Bahn sausenden Lichtschlieren begannen und endeten, schien die Außenwand entschieden näher zu sein als auf den anderen drei Seiten der *endlich endlosen* Markthalle. Es war, als würde sie Zeuge eines Pulsierens werden. Diese Halle schien wie ein atmender Brustkorb mal an-, mal abzuschwellen. Und so verrückt der Gedanke auch war, musste er dennoch sehr zutreffend zu sein, wenn sie die zyklische Reihenfolge ihrer Beobachtungen auf diesem Regal bedachte: *Wände sichtbar und weit weg ... Wände sichtbar und näher ... Wände unsichtbar und unendlich weit weg ... Wände wieder sichtbar und näher.*

Denk nach, Pia! zwang sie sich. Es *gibt* noch eine Verbindung ...

Herrgott, natürlich gab es die, und sie war so simpel und nahe liegend, dass sie sich Pia fast nicht erschlossen hätte: *jede der Veränderungen ihrer Umwelt war eingetreten, als sie die Augen geschlossen hatte!* Was es auch war, dass hier vorging – Realität, ein Fiebertraum, ein Drogentrip oder ihretwegen auch radioaktive Verstrahlung – es schien also hauptsächlich ihr Sehzentrum zu betreffen. Demnach durfte sie sich von dem, was sie sah (oder zu sehen *glaubte*) nicht beeinflussen lassen. Und sie durfte nicht aufgeben. Denn diese Halle hatte einen Ausgang, und er *war* erreichbar. Irgendwie.

2

Als Pia kurz darauf wieder festen Grund unter den Füßen hatte, fühlte sie sich auf unbeschreibliche Weise besser, obwohl sie noch einen weiten Weg vor sich hatte. Sie war ruhig und entschlossen, ihre Panik sogar gänzlich *sediert*. Dennoch würde sie sich beeilen, denn sie hatte keine Ahnung, wie lange sie diesen gefassten Bewusstseinszustand aufrechterhalten würde. Also ging sie wieder voran, die Zähne so kräftig aufeinander gebissen, dass es in ihren Ohren sirrte, die Augen verzweifelt zugekniffen und die Hände fest auf der Lenkstange ihres fast leeren Karrens. Sie *musste* sich einfach irgendwo festhalten, irgendeine Art von Sicherheit und Solidität auf ihrem Weg spüren, warum nicht mit Hilfe des Einkaufswagens? (Zudem schien es einfach zur deutschen Mentalität zu gehören, seinen Einkaufswagen nebst Inhalt schon vor dem Bezahlen wie den Inhalt eines fahrbaren Safes zu verteidigen und zu beschützen.)

Um sich vom Drang abzulenken, die Augen aufzureißen, begann Pia, ihre Schritte nicht nur im Kopf, sondern auch laut und energisch vor sich hin zu zählen: 16 Schritte waren es für sie vom Beginn des Regals bis zum nächsten Quergang.

Doch sie versagte. *Nie* hätte Pia vermutet, dass in ihr eine so mächtige unterbewusste Barriere dagegen existieren könnte, sich zügig in unbekanntem Terrain ohne Sicht voranzubewegen. Zweimal blinzelte sie schon während der ersten Schritte, sah sich wieder von DERMELS ECHTEN umgeben (als würde auf einer LP mit einem

Kratzer die Nadel immer wieder zum selben Punkt zurückhüpfen) und musste fluchend erneut von vorne beginnen, räumlich und psychologisch.

Schließlich wusste sie sich nicht anders zu helfen. Sie zog ihre Jacke aus und band sich den rechten Ärmel wie eine Augenbinde um den Kopf, bevor sie wieder in Gang kam. Also nochmals 16 unsichere Schritte. Ihre Hände umklammerten die Haltestange des Karrens so fest, dass die Knöchel ihrer schönen, schlanken Hände zwar nicht melodramatisch ‚weiß hervortraten', aber doch zumindest sehr deutlich sichtbar wurden. Gänsehaut bedeckte ihre Arme.

»Vierzehn ... fünfzehn ... sechzehn!«, rief sie, wandte sich langsam nach rechts und machte vier Schritte durch die Bresche, diesmal sogar noch vorsichtiger und argwöhnischer als zuvor. Doch sie krachte nirgendwo gegen ein Hindernis. Also schien sie tatsächlich auf Kurs zu sein.

Wieder 90 Grad nach links umdrehen, abermals sechzehn Schritte voraus. Während sie sich gerade sagte, dass dies besser ging, als sie befürchtet hatte, tat es plötzlich voraus einen Schlag und der Wagen machte einen Satz nach links. Etwas, das nach alten und ranzigen Semmelbröseln roch, rieselte zu Boden, aber Pia blieb nicht stehen, um nachzuprüfen, was genau sie von dem Regal gefegt hatte. Knirschend ging sie über eine seltsame Substanz mit der Konsistenz von Kandiszucker hinweg, wobei sich auch organisch weiche Partikel unter dem Korn befanden und unter den Sohlen ihrer Schuhe geräuschvoll zerplatzten.

Dieses fremdartige und grässliche Geräusch ließ Pia fast in ihrer Schrittzählung durcheinander kommen. Sie schaffte es jedoch, sich nicht verwirren zu lassen. Erst nachdem sie drei Regalbuchten hinter sich gelassen hatte – 48 Schritte – wandte sie sich wieder nach rechts um und visierte blind die nächste Lücke zwischen zwei Warenauslagen an. Wie immer bremste sie zuerst das irrationale Wissen, dass sie gleich gegen eine Barriere krachen würde – der pure Selbsterhaltungstrieb, vermutete sie. Aber erneut hatte sie die Entfernung gut genug berechnet dass nichts geschah und sie sich wieder nach links umwenden und weitergehen konnte. Erneut lagen 48 Schritte vor ihr, also drei Regalreihen.

Je länger sie zugleich zwangs- und *übergangs*weise blind war, desto mehr Dinge empfing sie jetzt, da ihr Gehirn die Informationen aus den anderen Sinnen filtern musste: immer intensiver wurde dieser klamme, abgestandene Geruch in der Luft, eine Mischung aus Kelleratmosphäre und dem Mief alter Lebensmittel. Und irgendwo hinter diesem konstanten, blechernen Missklang aus den schlechten Lautsprechern war ab und zu eine Stimme zu vernehmen – unverständlich leiernd und nicht minder metallisch als die angebliche Musik, aber hörbar. Als Pia genau unter einem der Krachmacher hindurch ging, kreischte die bislang hinter der Musik versteckte Stimme plötzlich ein einziges Wort und duckte sich dann wieder hinter die atonalen Klänge. Es war kein verständlicher Ausdruck, etwas wie »liebe Kunden, wir schließen in fünf Minuten!« oder » ... würde die herumirrende Kundin mit der Augenbinde endlich stehen bleiben, dass wir ihr helfen können!« sondern eine aggressive und seltsam bedrohliche Ansammlung von Buchstaben und Silben, die Pia nicht identifizieren konnte. Sie stieß einen erschrockenen Schrei aus und beschleunigte ihr Gehtempo beträchtlich.

» ... *sechsunddreißigsiebenunddreißigachtunddreißig* ...«

70

Wieder tobte die Stimme über der Musik. Der Laut hallte umher wie ein Schwarm Fledermäuse und wurde schließlich von einem elektronischen Summen und Sirren verdrängt, das auch Faxgeräte oder die Datenleitungen von Computern von sich gaben. Ein paar Sekunden später wurde es still in der Halle, oder zumindest in jenem Teil der Halle, wo sich Pia nun befand.

Zeit für das nächste Zickzack-Manöver: Pia wandte sich hastig nach rechts und machte nur einen Schritt, als die Front des Wagens gegen etwas – mit Sicherheit eine Regalkante, aber sie konnte ja nichts sehen – krachte und ein harter Ruck durch ihren Körper ging.

»Scheiße!«, rief Pia und langte instinktiv nach dem Jackenärmel, der ihr als Sichtblende diente. In letzter Sekunde riss sie sich zusammen und legte die Hände wieder auf die Haltestange des Einkaufswagens. Sie musste sich verzählt haben, vermutlich als die Stimme über das Lautsprechersystem gekommen war. Es konnte aber höchstens ein, zwei Schritte sein, die sie falsch lag. Ob sie dabei zu weit oder noch nicht weit genug gegangen war, musste sie herausfinden. Daher begann sie, mit der Nase des Karrens gegen das Hindernis zu stupsen und bewegte sich dabei langsam nach links.

Keine Lücke tat sich auf. Verdammt, wenn sie nur etwas *sehen* könnte. Aber sie wusste, dass sie wieder von DERMELS ECHTEN umgeben sein würde, wenn sie der Versuchung nachgab und die Augenbinde abnahm. Ihr war deutlich bewusst, dass sie ihren Augen nicht trauen durfte. Und so stocherte sie weiter mit ihrer Karre umher. Mit einem hellen, metallischen *Klack! Klack! Klack!* pochte die Front des Wagens immer wieder gegen das Hindernis, bis Pia einsehen musste, dass sie ihre letzte Abzweigung ziemlich hoffnungslos verpasst hatte. Das war jedoch nicht allzu schlimm, so lange sie nur ihren Zickzack-Kurs beibehielt und sich nicht verführen ließ, einem der Korridore schnurstracks zu folgen, was sie wieder von ihrem Ziel wegbringen würde.

»Tamina, Schätzchen, ich komme, ich bin auf dem Weg«, sagte sie in den Raum, während sie jetzt auch noch mit den Händen an dem Regal entlang zu tasten begann. Dabei streifte sie etwas feucht-weiches und ekelhaft warmes in der Auslage und machte vor Widerwillen und Abscheu einen Satz zurück.

Endlich fand sie den nächsten Zwischenraum zwischen den Regalabschnitten. Diesmal machte sie bloß drei Schritte, da sie ja schon fast an der Kante der Auslage gestanden hatte, und bewegte sich durch den nächsten Canyon. Sie wollte diesmal nur zwei Regale hier bleiben – also zweiunddreißig Schritte –, und war gerade bei Marschtritt neunundzwanzig angekommen, als sie unverhofft durch einen Blizzard hindurchzumarschieren schien.

Einen Herzschlag lang umfing sie ein erbarmungsloser, arktischer Hauch von Kälte, der sich nicht nur wie eine Schicht Sandpapier auf ihre Haut legte, sondern auch wie eine Radiowelle durch ihren Körper hindurch fortsetzte. Ein überraschter Aufschrei gefror ihr förmlich in der Kehle. *Was, um Gottes Willen, war das gewesen?*

Sie streckte die Hand nach hinten aus und zog sich sofort wieder zurück, als sie auch nur den Ausläufer der lauernden Kältezone berührte. *Vielleicht Abluft aus dem Lüftungssystem des Marktes?* überlegte Pia. Doch der Vergleich hinkte. Denn dies war keine wabernde Luftmasse aus einem Rohr oder Gitter, dies war ... *materialisierte Weltraumkälte.* So lautete das einzige Wort, das Pia spontan einfiel. Es war zwar sinnlos, wie aus einem schlechten Film, beschrieb aber diese immobile und scheinbar luftlose Barriere aus Frost perfekt.

Egal, was es ist, befahl sie sich, *du wirst nicht nachsehen! Du wirst weitergehen. Du wirst die Augenbinde nicht abnehmen.*

So viel Überwindung es sie kostete, sie folgte ihrem Programm. Sie ließ die fremdartige Kältestrahlung hinter sich zurück, wechselte zwei Schritte später in den nächsten Seitenkorridor, wo sie wieder drei Regalabteilungen, die üblichen 48 Schritte, bleiben wollte. Aber auf halber Strecke passierte sie eine weitere Frostzone. Und dahinter hörte sie zu ihrer eigenen Überraschung, dass sich das Geräusch ihrer Schritte verändert hatte. Es war, als wäre der Schall die ganze Zeit in enge Bahnen gezwungen gewesen und könnte sich nun wieder ungehindert ausbreiten. Auch die Mischung aus Kellergeruch und Lebensmittelmief wurde merklich dünner. Pia schnalzte mit der Zunge und hörte ein Echo aus einiger Entfernung. *Aus einiger Entfernung!*

Pia versuchte, ruhig zu bleiben, obwohl ihr Herz immer schneller zu pochen begann. Das Gefühl von Angst, Zeitdruck und Ungewissheit in ihrer Magengrube hatte sich übergangslos in Neugierde und dumpfe Hoffnung verwandelt ... ebenso schleichend aber intensiv, wie sich die Geräusche ihrer Umgebung gewandelt hatten. Denn es gab keinen Zweifel: *etwas hatte sich verändert.*

Aber was es war, würde sie nur dann herausfinden, wenn sie die Augenbinde abnahm. Noch zögerte sie. Die Furcht, um sich herum wieder nur die altbekannten Regale voller DERMELS ECHTER oder KATZENFUTER zu erblicken, war einfach zu mächtig. Dieser Anblick würde sie buchstäblich zermürben und zerbrechen, in einen tiefen Abgrund der Verzweiflung stoßen, aus dem sie nicht einmal mehr der Gedanke an ihre wartende Tochter retten würde.

Und dennoch - etwas *hatte* sich nun um sie herum verändert. Am deutlichsten zeigte ihr dies der Schall. Sie war Musikerin, trotz ihres unergiebigen Jobs sogar eine relativ hochbegabte, und Klang und Akustik waren seit dem Studium ihr tägliches Brot. Sie hörte Nuancen, die anderen verborgen blieben. Selbst winzige Diskrepanzen in der Stimmung eines oder auch mehrerer Instrumente, sogar im Zusammenspiel eines Orchesters entgingen ihr nicht. Sie wusste, wie sich Schall verbreiten musste, damit ein Instrument nicht nur *klang*, sondern sich voller Leben entfalten konnte. Darum konnte sie mit Bestimmtheit sagen: Unten in der tiefen Schlucht der Produkte war der Schall gefangen gewesen. Nun war es nicht mehr. Er war frei. Nicht *unlimitiert* frei, aber er konnte sich dennoch viel weiter ausbreiten als zuvor.

»Na dann«, sagte sie. »Tu es einfach. Verlass dich auf dein Gehör!«

Ein letztes Zögern, dann riss sie mit der rechten Hand ihre improvisierte Augenbinde herunter und zwang sich, die Augen offen zu halten. Ein freudiges Seufzen entrang sich ihrer Kehle. Sie hatte das Ende der Halle erreicht.

3

Dreißig Schritte vor ihr wuchtete sich eine monströse Backsteinmauer in die Höhe, die von Pias ebenerdigem Standort aus wie der Staudamm eines Bergsees anmutete: mindestens zwanzig Meter hoch, leicht gewölbt und auf beiden Seiten im Dämmerlicht der letzten Reihe kahler Glühbirnen verschwindend. Kein Fenster war in diesen monströsen Wall eingelassen, oder zumindest nicht, so weit Pia schauen konnte, was jedoch nicht allzu weit war.

Als sie sich umwandte, um zu erkunden, woher sie gekommen war, drohten ihr für ein paar Momente wieder die Knie nachzugeben. Aber sie war zum Glück immer noch so fest auf den Einkaufswagen gestützt, dass sie nicht wieder zusammensackte, obwohl sich *direkt* hinter ihr ein Echo der Steinwand befand, ein bläuliches, ätherisches Gebilde, das wie eine dreidimensionale Projektion wirkte.

Und wie sich über einen Regenbogen oftmals noch ein zweiter, schwächerer Lichtbogen bildete, erspähte Pia in gewisser Distanz zu dieser Reflektion (*weit hinter dem Ende der endlich endlosen Regalreihen*) noch eine zweite Phantomwand, die jedoch durchsichtiger und auch weniger detailreich war als die erste, einfach weniger *präsent*. Es dauerte einen Augenblick, bis Pia die Verbindung zu ihrem Marsch erkannte; aber dann wurde ihr klar, dass diese beiden Projektionen die Kältezonen sein mussten, die sie gespürt hatte.

Gütiger Himmel! dachte sie und fragte sich plötzlich, ob die dritte Wand nicht auch nur eine Abbildung, eine *Fata Morgana* war? Mit dem Einkaufswagen als Stütze (fast so wie die Gehhilfe alter Leute, die Tamina manchmal mit dem schwarzen Humor ihres Vaters als »*AOK-Chopper*« bezeichnete) näherte sie sich dem Wall und legte ihre Hand darauf.

Es war, als ob elektrischer Strom aus den Backsteinen in ihre Finger fließen würde. Zugleich jedoch fühlte sich die Wand auch solide und korrekt an. Demnach war sie kein Trugbild. Diese Wand war echt wie nur irgendwas ... Und zugleich der Wegweiser, an den sich Pia nun halten musste, wenn sie hier heraus kommen und endlich zurück zu ihrer Tochter wollte.

Kurz entschlossen folgte sie der Backsteinwand nach rechts, die Richtung, in der die Kassen und der Ausgang liegen mussten. Zuerst fragte sie sich dabei noch, wieso sie immer noch diesen idiotischen Einkaufswagen vor sich her schob, aber sie konnte nicht anders. Irgendwas ließ nicht zu, dass sie dieses Ding einfach irgendwo parkte. Vielleicht war es ja die Angst vor einer neuen Schwächeattacke. Wenn diese Mauer ebenso wenig ein Ende nehmen sollte wie die Regalreihen, dann würde sie die Einkaufskarre wieder als Stütze gebrauchen können.

Während sie unterwegs die Mauer genau im Auge behielt, um ja keinen Notausgang oder auch nur ein Fenster zu verpassen, begann sie, wieder die G-Dur Sonate vor sich hin zu summen. Sie genoss die Ordnung und Sicherheit, welche das Musikstück in ihrem Kopf und ihrem Geist hinterließ. Aber ziemlich genau zur Hälfte des ersten Satzes war es ein anderes Geräusch, das ihre Aufmerksamkeit errang. Sie vernahm ein helles und durchdringendes rhythmisches Klacken, das sich allmählich zu einem stakkatoartigen Hämmern steigerte.

Ihr dämmerte sofort, was sie da wahrnahm: es war das Geräusch der Lampen und Stromleitungen, als die Beleuchtung in der Halle heruntergefahren wurde, Reihe für Reihe wie bei den Dominosteinen. Es begann weit voraus in ihrer Laufrichtung und rollte dann wie ein Tsunami aus Dunkelheit durch die ganze Halle.

»Halt!«, rief Pia. »Nicht ausschalten! Ich bin noch hier, hört mich keiner? Bitte nicht! NEIN!«

Doch keinen Moment später war auch die letzte Kette von kilometerweit entfernten Glühbirnen erloschen.

»*Hallooooooooooo!*«, rief sie erneut in diese lauernde Düsterheit, die sich jäh über sie gestülpt hatte und in der ihre Schreie entschwanden wie Wasserdampf.

Schließlich erstarb ihre Stimme endgültig, und sie sackte über dem Einkaufswagen zusammen. Schluchzend ließ sie sich auf dem stumpfen Linoleumboden nieder. Sie schlang die Arme um die angewinkelten Beine und fühlte alle Hoffnung und Rationalität von sich abblättern wie Rinde von einem morschen Baumstamm. In ihr brodelte ein Anfall von Verzweiflung, der sie zu unterwerfen drohte, wenn er völlig ausbrach. Aber sie hatte kaum noch Energie, ihn zurückzudrängen.

»Ich will nach Hause!« Ihre Stimme war kaum noch ein Wimmern. »Ich kann nicht mehr. Ich will doch nur nach Hause. Ich will zu meiner Tochter. Bitte, ich will zu meinem *Baby*.«

Es dauerte ungefähr vier oder fünf Minuten (während denen Pia ihren Oberkörper im fiebrigen Rhythmus ihres Atems vor und zurückwiegte) bis sich ihre Augen an die Dunkelheit gewöhnt hatten.

Da sah sie zum ersten Mal den Lichtschimmer, der wie ein Versprechen über das Regal zu ihrer linken ausgebreitet war. Sie blinzelte, doch der Lichtreflex blieb. Sofort ruckte ihr Kopf nach oben, wie es auch Azrael tat, wenn er eine potentielle Beute – eine Fliege oder etwas Ähnliches – erspäht hatte.

»Was *ist* das?«, sagte sie und stand auf.

4

Langsam und vorsichtig, jede Bewegung ein Ausdruck von Misstrauen und Argwohn, tappte sie auf das Regal zu, wobei sie den Einkaufwagen hinter sich herzog wie ein Kind ein geliebtes Plüschtier oder eine Kuscheldecke. Das geisterhaft bläuliche Glimmen verstärkte sich dabei mit jedem Meter, gewann Konturen und eine Art quadratischer Form. Doch das war es noch nicht, was Pia schließlich ein zugleich hoffnungsvolles, überraschtes und auch ein wenig skeptisches Ächzen entlockte. Erst der Anblick ihres eigenen Schattens in diesem Lichtreflex tat dies.

Pia wirbelte so rasch herum, dass ihr schwindelig wurde, doch der Anblick auf der anderen Seite ließ sie das leicht schiefe Gefühl in ihrem Kopf sofort vergessen. In etwa zwei Meter Höhe fiel Licht durch eine viereckige Bresche in der Backsteinmauer. Es war kein Fenster, oder zumindest nichts, was Pia als solches identifiziert hätte. Nein, vielmehr schien die Wand an dieser Stelle so dünn zu sein, dass das Licht der Abenddämmerung sie einfach durchdringen konnte, was selbstverständlich unmöglich war.

Vielleicht war es ja also doch ein Fenster, schoss es Pia durch den Kopf. Dann dämmerte ihr, dass sie wieder in dieselbe Falle getappt war wie zuvor. Wieso hatte sie schließlich vorhin ihre Augen mit dem Ärmel ihrer Jacke hatte abschirmen müssen? *Weil sie ihren Augen nicht trauen konnte und durfte.* Erst jetzt in der Dunkelheit konnte sie das Licht von außen sehen. Somit hatte man ihr letztlich einen Gefallen getan, als man die Beleuchtung der Markthalle ausknipste, anstatt sie endgültig zu verdammen.

Mit dem Einkaufswagen als Vorhut bewegte sie sich auf die Wand und das darin schimmernde Viereck des Lichts und der Hoffnung zu. Je näher sie kam, desto deutlicher wurden zwei Dinge: *erstens*, dass dies nicht die einzige Öffnung im Backsteinwall war. Auf beiden Seiten gab es in gleichmäßigen Abständen noch mehr dieser viereckigen Leuchtflecken in der Wand – es war eine bislang verborgene Fensterreihe. Und *zweitens*, dass sich in der Öffnung direkt vor ihr Details der Außenwelt abzuzeichnen begannen. Pia sah Gebäude, darunter die obere Kante eines dunklen Holzlattenzauns, und etwas, das wie die Zweige eines reichlich verdorrten Baumes anmutete. Es war unfassbar.

Das Fenster hatte sich mehr und mehr aus dem Backstein hervorgeschält und war nun eindeutig als solches zu erkennen. Es lag in ziemlich genau zwei Metern Höhe, und wenn sich Pia streckte, konnte sie mit den Fingerspitzen seinen schmalen Sims berühren. Der Fensterrahmen schien nicht aus Holz, Kunststoff oder Metall, sondern einem bläulich fluoreszierenden Material zu bestehen, das sich so eisig kalt und leicht elektrisch summend anfühlte wie die mysteriösen Kältezonen. Dennoch war diese Fenster dort oben ihr Ziel, ihr Ausweg, ihre Flucht.

Noch nie war ihr etwas so klar gewesen.

Ohne nachzudenken, ob dies der Grund war, wieso sie den Einkaufswagen die ganze Zeit mitgeschleppt hatte, stellte sich Pia in den Warenkorb und war nun auf Augenhöhe mit dem Scheibe. Sie hatte sich nicht getäuscht. Draußen, auf der anderen Seite dieses Fensters und dieser Mauer, lag tatsächlich ein dürrer Grünstreifen, der von einem verwitterten Holzzaun eingefasst wurde. Der Baum, dessen Zweige sie gesehen hatte, vegetierte irgendwo hinter dem Zaun, und seine knorrigen Zweige hatten sich im Laufe der Zeit einen Weg auch auf diese Seite der Barriere geschaffen, darüber hinweg und sogar zwischen den Latten hindurch. Die Hallen jenseits des Zaunes schienen mit ihren großen Rolltoren eindeutig zu dem riesigen Areal der Firma MANN zu gehören.

Selten zuvor hatte Pia einen Anblick so willkommen geheißen wie diesen. Langsam hob sie den rechten Arm und berührte die Scheibe mit den Fingerspitzen. Ein paar Tränen der Sehnsucht und der Freude kullerten über ihre Wangen.

»Nicht mehr lange!«, sagte sie grimmig.

Es gab ein dumpfes Geräusch – BONK! – als sie mit der Faust auf das Glas einhieb. Aber abgesehen von einem pochenden Schmerz in den Fingern hinterließ dieser Angriff keine Spuren an der Scheibe.

»Komm schon, du Drecksding, geh einfach *kaputt!*«, befahl sie der Scheibe und wollte sofort nochmals ausholen. Ihr Fluchtwille blockte die Tatsache völlig aus, dass dies ihre empfindliche Bogenhand beim Violinspiel war.

Da trat sie im Warenkorb des Wagens neben ihrer Handtasche auf die große, schmucklose Dose mit APFELKOMPOT. Sie hob die schwere Konserve auf und betrachtete sie einen Augenblick lang, bevor sie sie mit aller Kraft und Gewalt, die sie aufbringen konnte, gegen die Scheibe krachen ließ. Es ging schwerer und fühlte sich anders an, als es sich Pia vorgestellt hätte. Doch gleich beim ersten Anschlag bildete sich knirschend ein großer, wie ein Spinnennetz geformter Treffer im Glas. *Ja ja ja!* jubelte Pia in Gedanken und feuerte sich an, diesmal noch mehr Wucht aufzubringen. Schon beim dritten

Aufprall barst die Scheibe förmlich mit einem schrillen Klirren, und die Splitter explodierten weit in den Vorgarten, als habe in dieser Markthalle ein Überdruck geherrscht. Zurück blieb nur, wie Nachleuchten auf der Netzhaut, das bläuliche Glimmen.

Pia wickelte sich ihre Jacke um die Hand und begann den Rahmen von scharfkantigen Splittern zu säubern. Dann schleuderte sie ihre Handtasche aus dem Fenster und machte einen finalen Satz nach vorne, wobei der rettende Einkaufswagen von der Energie ihres Absprunges davon katapultiert wurde und irgendwo in der Finsternis der *endlos endlichen* Markthalle und vermutlich auch aus dieser Dimension verschwand.

Pia hatte das Gefühl, kopfüber in einen eisigen Bergsee gesprungen zu sein. Die jähe Kälte, in die sie unverhofft eintauchte, raubte ihr den Atem und vernebelte schlagartig ihre Sinne, so dass sie nur noch instinktiv handeln konnte, als sie mit dem Oberkörper auf dem Fenstersims landete. Augenblicklich rutschte wieder nach unten und fingerte verzweifelt umher, bis sie endlich Halt gefunden hatte und sich gleichzeitig voran und hoch ziehen konnte.

Immer wieder versuchte sie, vor Anstrengung nach Luft zu schnappen, doch die Kälte ließ es nicht zu. In dieser Kältezone schien es keinen Sauerstoff zu geben. Nur noch von ihrem Willen und der Sehnsucht nach ihrer Tochter angetrieben schob, zog und quetschte sich Pia durch die Öffnung, bis endlich ihr ganzer Oberkörper auf der anderen Seite der Mauer war und das Zentrum der Kältezone nur noch wie ein Metallband ihre Hüften umschloss. Dann war sie frei.

5

An das, was anschließend geschah, konnte oder *wollte* sie sich später nicht mehr genau entsinnen. Schwach erinnerte sie noch an das Gefühl, jemand würde sie wieder ins Innere der Halle zurückziehen, dann schien die ganze Welt plötzlich abwechselnd in ROT, GELB und VIOLETT getaucht worden zu sein, Farben so intensiv wie Faustschläge, und als ihr bewusstes Denken wieder einsetzte, fühlte sie feuchte Erde und struppiges Gras unter sich, und sie konnte wieder atmen. Ihr ganzer Körper tat weh. Am schlimmsten peinigten sie ihre Hände, wahrscheinlich weil sie mit ihnen instinktiv ihren Fall abgebremst hatte.

Vorsichtig rappelte sie sich hoch, wobei sie immer wieder kleine, leise Schmerzenslaute ausstieß. Obschon sich alles um sie drehte, blieb sie auf den Füßen, schwankend zwar, aber aufrecht. Und jetzt war sie auch bereit, ihren Augen wieder zu trauen, denn hier draußen, im trüben Dämmerlicht eines regnerischen Aprilabends war die unverkleidete Backsteinwand, vor der sie stand, etwa realistische vier Meter hoch und keine vierzig. Und das Gebäude mochte zwar wirklich lang gezogen sein, aber höchstens fünfzig Meter, und keine fünf *Kilometer*. Die Welt stimmte wieder. Und sie selbst hatte alles überstanden, sogar den aggressiven Fieberschub einer verschleppten Herbstgrippe. *Wenn es das gewesen war*, fügte eine Stimme in ihrem Kopf hinzu, die sie aber nicht nur ignorierte, sondern geradezu wütend unterdrückte.

Pia hob ihre Handtasche auf, klopfte Gras und Erde von dem Beutel und drückte ihn dann an ihre Brust wie Tamina als Kleinkind ihren Lieblings-Plüscheisbär Bruno. Dann stapfte sie voran, ihre Schuhe schon nach dem ersten Schritt von Matsch besudelt, ihre Handflächen blutig und ihre warme Jacke nur über ihrem Arm baumelnd. Und sie summte. Sie summte Taminas momentanes Lieblingslied, das einprägsame Thema aus dem Film *Conquest of Paradise,* eine CD, die bei ihnen zuhause manchmal rauf und runter lief und die sie nun mit völlig anderen Ohren hören würde, genauso wie Mozarts Violinsonate KV301. Beiläufig machte sie einen Schlenker um etwas, das wie eine tief in den Boden eingegrabene, völlig verrostete Konservendose mit der gerade noch entzifferbaren Aufschrift APFELKOMPOT aussah, eine Dose, die wirkte, als würde sie schon Jahrzehnte hier liegen. Sie hinterließ einen lehmigen Strich auf ihrer Wange, als sie dort mit der rechten Hand eine weitere Träne abwischte.

Als sie den Block endlich umrundet hatte, kam sie auf den Parkplatz. Und dort, ihr den rundlichen Hintern zugewandt, stand der Frosch direkt neben dem Eingang des seltsamsten Supermarktes, den Pia je besucht hatte. Sie ging über den feuchten Asphalt und hinterließ dabei eine Spur von schlammigen Fußabdrücken, was ihr jedoch völlig egal war. Sollte man sie doch zur Rechenschaft ziehen, weil sie diese Scheibe eingeschlagen oder eine Dose APFELKOMPOT nach draußen geschmissen hatte. Sollte man doch. *Sollte man doch!* Immerhin war sie nur geflüchtet, nachdem man sie eingeschlossen und vergessen und ihr das Licht abgedreht und sie in der Dunkelheit zurückgelassen hatte. Wenn *das* an die Öffentlichkeit kam, würde dieser obskure Laden endgültig zumachen können. Daher bezweifelte sie, dass man es auf irgendwas ankommen lassen wollte.

Niemand vom Personal erwartete sie gleichwohl am Auto, obwohl es hier vorne wirkte, als würde sogar noch Licht in der Markthalle brennen. Sollte sie sich also drinnen melden und schildern, was vorgefallen war? Klar, das *sollte* sie. Aber das *würde* sie nicht. Sie würde nie im Leben wieder einen Fuß dort hineinsetzen, nicht einmal, wenn sich *Die Hübscheste Tochter Der Welt* noch so sehnlich Pfannkuchen mit Jägersoße und Apfelmus wünschte. Heute würde es keine Pfannkuchen geben, obwohl sie es Tamina versprochen hatte. Nein, heute würde Pia Fischer zum ersten Mal und sicherlich auch einzigen Mal ein Versprechen brechen, das sie ihrer Tochter gegeben hatte. Aber sie würde, obwohl Tamina die Tragweite dessen nicht verstehen konnte, stattdessen etwas viel Wichtigeres tun: *sie würde heim kommen*!

Für das Essen gab es den Pizza-Service. Und es blieb schließlich noch morgen für die Pfannkuchen, mit Zutaten aus ihrem endlos vertrauten Depot-Supermarkt am Ende der Wielandstraße.

Sie wendete den Frosch mit quietschenden Reifen und trat dabei so fest aufs Gas, dass der Motor des Corsa protestierend aufheulte. Dann prügelte sie ihr geliebtes kleines Auto vom Parkplatz und auf die Straße hinaus, wobei sie fast einen anderen Wagen rammte, einen anderen grünen Corsa, und was für ein Zusammenstoß *das* gewesen wäre.

Pia beschleunigte wie eine Rennfahrerin die Sedanstraße entlang, bog am Römerplatz links ab und erhaschte im Rückspiegel noch einen Blick darauf, wie der grüne Corsa, den sie fast gerammt hätte, auf den Parkplatz von *KAFKA's* fuhr. Für einen Augenblick fragte sie sich, ob sie den Neuankömmling warnen sollte, was ihn da drinnen erwarten könnte.

Aber das tat sie nicht. Obwohl sie diese Erklärung nicht ganz befriedigte, sagte sie sich, dass der Markt ja nun geschlossen hatte und sich (zumindest heute) niemand mehr darin verirren konnte. Also fuhr sie weiter so schnell sie konnte, bis sie endlich *ihren* Teil der Stadt und den Wohnblock mit ihrer kleinen, wundervollen Welt darin wieder erreicht hatte.

Unterwegs versank dieses Schuldgefühl wegen der unterlassenen Warnung ebenso wie alle anderen Stimmen, Erinnerungen und Bilder vom Inneren des Marktes im tiefsten Graben ihrer Seele.

In jenem psychischen Abyss verwahrte Pia ihre Ängste, Alpträume und finstersten seelischen Aufzeichnungen und Geheimnisse. Es war ebenfalls ein Ort, der im Inneren viel größer war als er von außen anmutete.

Solche Gräben gab es viele.

Aber die Gefährlichsten lagen außerhalb der menschlichen Seele.

S.A.M.
Weiherhof,
24.06.2009 bis 30.08.2009

Der Legende nach begann Sascha André Michael noch im Mutterleib beim Klang einer Schreibmaschine aufgeregt zu zappeln und seine Mutter mit Tritten zu erfreuen. Ob er es zu diesem Zeitpunkt schon ahnte oder nicht, so würde ihn dieses Geräusch sein ganzes Leben lang verfolgen und definieren.

Denn – das müssen Sie unbedingt wissen – Sascha Andre Michael hat sich das Schreiben nicht ausgesucht. Es hat *ihn* ausgesucht und ließ ihm nie eine andere Wahl, als zu *schreiben, schreiben, schreiben*. Schon als kleiner Junge hackte er zahllose Kurzgeschichten in die riesige Triumph-Schreibmaschine seines Großvaters, während andere Kinder draußen waren und ... nun ja, irgendwelche Dinge taten, die man als Kind ebenso tut. Und derweil andere Jugendliche Dinge taten, die man eben als Jugendlicher so tut, erforschte Sascha André Michael die Abgründe der menschlichen Seele und recherchierte über Serienmörder und Profiler.

Letztlich gesehen hat sich daran bis heute nichts geändert. Selbst die Triumph-Schreibmaschine existiert noch und wird benutzt.

Und das ist wahrscheinlich gut so. Seit seinen ersten Veröffentlichungen in den 1990er Jahren haben seine Artikel, Romane, Novellen, Kurzgeschichten, Reportagen und Werbetexte genug Leser gegruselt, unterhalten und mental gekitzelt, dass er sich zu einem Geheimtipp der Thrillerszene entwickelt hat. Heute lebt der Sprachenlehrer und ausgebildete Securityfachmann mit seiner Lebensgefährtin in Bukarest, Rumänien, bleibt aber seiner Ulmer und Nürnberger Heimat weiterhin innig verbunden. Er ist überzeugter Veganer und hat »einen seltsamen Humor« (Zitat eines Bekannten.)

WIR KÖNNEN **SIE** NICHT SEHEN ...

ABER **SIE** SIND MITTEN UNTER UNS!

WAS wenn die Welt, in der wir leben, nichts als
eine Theaterkulisse ist?

WAS wenn wir nicht die einzigen sind, die ihre
alltäglichen kleinen und großen Dramen
in diesen Kulissen aufführen?

UND WAS wenn die *ANDEREN* mit allen Mitteln
verhindern wollen, dass wir von ihrer Existenz erfahren?

Sascha André Michael

MORGEN
MENSCHEN

DIE EINZIGARTIGE ERZÄHLUNG UM PARALLELWELTEN
UND DIE MAGIE VON SCHEIN UND SEIN
ERHÄLTLICH ALS TASCHENBUCH UND E-BOOK

ISBN: 9-783-7448-9234-6, 164 Seiten, Euro 12,99

NOCH MEHR THRILLER VON SASCHA ANDRÉ MICHAEL

DIE KÖNIGIN DES REGENS

Ein Polizist mit einem ungelösten Fall und einer Vorahnung, ein Mädchen, in das sich der Falsche verliebt, ein Ex-Fahnder im Drogensumpf, ein einsamer Junger auf der Suche nach Wärme und ein alter Mann, Opfer seiner Besessenheit. Dem Strudel der Ereignisse können sie nicht entkommen ...

DER GROSSE PSYCHOTHRILLER VON SASCHA ANDRÉ MICHAEL, JETZT WIEDER ERHÄLTLICH ALS TASCHENBUCH UND E-BOOK.

ISBN: 978-3-7448-2205-3, 436 Seiten, Euro 12,99

DIE SCHLAFENDE STADT

Zunächst sind die Reisenden froh, in einer abgelegenen Ortschaft namens Midnight Rapids Unterschlupf vor dem tobenden Blizzard zu finden. Doch schnell wird klar, dass dieses Dorf keine sichere Zuflucht ist, und ein aussichtsloser Kampf ums Überleben beginnt ...

DER BRISANTE VERSCHWÖRUNGSTHRILLER, VERFÜGBAR ALS TASCHENBUCH UND E-BOOK

ISBN: 978-3-7448-7066-0, 288 Seiten, Euro 10,99

DIE FREQUENZ DER ANGST

Auf der Suche nach dem unheimlichsten Klang der Welt stößt der vereinsamte Nürnberger Komponist Sandy Martens unvermittelt auf mysteriöse Radiosender, die offenbar von geheimnisvollen Funkstationen bedient werden. Ohne es zu ahnen, verstrickt er sich mit dieser Entdeckung in eine alptraumhafte Verschwörung, in der Wahn und Wirklichkeit nicht mehr zu unterscheiden sind. Gejagt und überwacht von erbarmungslosen Geheimdiensten bleibt ihm und seinem besten Freund nur ein Pakt mit dem Teufel, um zu überleben.

**Erschienen im Wellhöfer-Verlag, Mannheim
ISBN: 978-3-93954077-9, 400 Seiten, Euro 12,80**

DER ALPTRAUM BEGINNT IM NEBEL ...

Der Fall scheint erledigt. Alle Indizien sprechen dafür, dass der Herumtreiber Stig Hansen einen Geschäftsmann und ein junges Mädchen umgebracht hat. Doch den Polizeiermittler David Lieberman plagen Zweifel an Hansens Schuld. Entgegen aller Vernunft folgt Lieberman seiner Intuition ... und entdeckt eine Spur, die ihn auf die Fährte eines unheimlichen Phantoms bringt: ein Serienmörder ist in Norrestad unterwegs.

Für Lieberman und seinen drogensüchtigen Ex-Partner, den Zielfahnder Spencer Lockhart, beginnt ein dramatischer Wettlauf gegen die Zeit, um das Leben eines entführten Mädchens zu retten.

SEELENFROST

DAS EISIGE THRILLER-MEISTERWERK VON SASCHA ANDRÉ MICHAEL JETZT ERHÄLTLICH ALS TASCHENBUCH UND E-BOOK.

ISBN: 978-3-7460-1332-9, 384 Seiten, Euro 13,99

DIE WITTY-PETS BÜCHER

Süße Tiergeschichten lesen und armen
Tieren in Not helfen! Die Einnahmen dieser Bücher kommen
heimatlosen und notleidenden Tieren zugute.

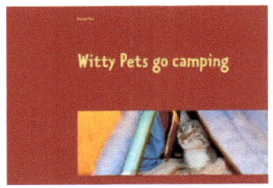

Die Witty Pets-Kätzchen erleben
ein spannendes Abenteuer!

Entzückendes Bilderbuch mit
einer Geschichte in englischer
Sprache.

**Daniela Vlad, Witty Pets go camping – a little kitten tail
ISBN: 978-3-734780-95-0, 28 Seiten, Euro 10,90**

Die Happy Witty Tailz sind
fünf spannende, lustige und
lehrreiche Kurzgeschichten in
Deutsch und Englisch für
alle kleinen *und* großen Kinder.

Die magische Welt kluger
Katzen, kleiner Tauben,
fleißiger Bienen und verliebter
Rattenmädchen, gesehen durch
die Augen der Unschuld.

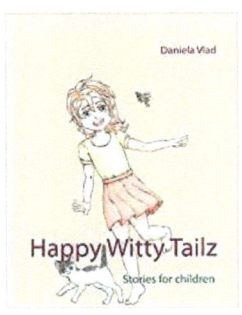

**Daniela Vlad, Happy Witty Tailz
ISBN: 978-3-743118-82-9, 88 Seiten, Euro 9,99**

Mehr im Internet:

**www.WittyPets.org
www.Facebook.com/WittyPets**